Károly Gerner

Partnerwechsel

Kriminalerzählung

Impressum

© Károly Gerner

Herstellung und Verlag:
BoD - Books on Demand, Norderstedt
ISBN: 978-3-7543-6726-1

Umschlagsgestaltung nach Fotolia: Couple indoors. Office romance concept. Datei: 81615781. Urheber: Alex Tihonov. Bearbeitet von Joachim Gerner.

Lektorin: Heike Deschle, Leipzig

Anmerkung des Autors:
Es handelt sich hier um die überarbeitete und erweiterte sowie mit neuem Titel und Cover versehene Ausgabe der Kriminalerzählung „Herr Chamäleon". Das Buch wurde 2016 vom selben Verlag veröffentlicht.

Leitgedanken

Fragt man gezielt nach dem Sinn des Lebens, unseres flüchtigen Aufenthaltes auf Erden, dann gibt es verschiedene, zuweilen auch gegensätzliche Reaktionen. Das Glücklichsein mitsamt seinen nahezu unendlichen Eigenarten empfindet der Verfasser dieses Buches als die am ehesten einleuchtende Antwort.

Eine vollkommene, weil zutiefst humane Gesellschaft hat es bisher nicht gegeben. Sie ist auch künftig nicht zu erwarten. Doch wegen bestimmter Probleme auf sozialer oder privater Ebene gleich in Wehmut fallen oder gar auf ein vermeintlich paradiesisches Jenseits hoffen, wäre kein guter Rat. Stattdessen sollten wir lieber öfter und konsequenter aus den sich bietenden Chancen das Beste machen! Ein jeder auf seine Art.

Klar, das Leben geht auch ohne uns weiter. Da sollte man keinerlei Illusionen hegen. Aber wir existieren nun mal als denkfähige Wesen. Folglich treibt es uns gelegentlich fast schon zwanghaft zu Erkundigungen nach dem Wert, Ziel und Zweck, eben nach dem Sinn menschlichen Daseins.

Ein Phänomen, das uns bisweilen Flügel verleihen oder auch völlig aus der gewohnten Lebensbahn werfen kann, heißt Liebe. Mit einem höheren Gefühl inniger Zuneigung wird vermutlich kaum jemand beschenkt. Sie ist der Edelstein des Herzens, ein Zauber höchster Gefühle, das Göttliche in uns.

Ihr ist der Hauptteil dieser Lektüre gewidmet.

Möge sie der verehrten Leserschaft gefallen!

I

Die Luft war brütend heiß und staubgeschwängert. Eine beängstigende Gewitterfront entfachte sich über Dresden, begleitet von furchterregenden Blitzen und Donnerschlägen. Obendrein begann ein Sturm zu wüten, dass man schon fast den Eindruck hatte, als stünde die biblisch prophezeite Apokalypse, quasi der Weltuntergang unmittelbar bevor. So grausam wirkte das außergewöhnliche Grollen, Wüten, Krachen und Leuchten der wachgerufenen Naturkräfte. Nicht gerade das ideale Wetter für überschwängliche Lobgesänge und erst recht keins, um gegebenenfalls Helden zu zeugen. Oder vielleicht doch? Immerhin herrschte der am meisten umschwärmte Wonnemonat Mai, wenngleich vorübergehend besonders rabiat als unverkennbarer Aufruhr der Elemente.

In jener Stunde lief Mario Wolf extra flotten Schrittes von der Straßenbahnhaltestelle Dahlienweg zu seiner Geliebten, die ihn bereits sehnsüchtig erwartete, um mit ihm abermals einen nahezu unglaublichen Sinnenrausch zu genießen.

Als er schon an der Eingangspforte ihres Domizils stand und am Klingelknopf drücken wollte, überschüttete ihn ein bejahrter Herr, der im Schatten eines riesigen Nussbaumes auf einer abgenutzten Holzbank saß, mit höchst merkwürdigen Äußerungen. Den freundlichen Gruß des Heraneilenden hatte er zwar nicht erwidert, doch umso bedrohlicher waren seine Worte, indem er trotz seines hohen Alters stimmgewaltig sagte:

„O weh, junger Mann, da braut sich etwas Ungeheuerliches zusammen", wobei er mit beiden erhobenen Armen seine Krücke nervös fuchtelnd zum Himmel richtete. „Noch nie habe ich solch grauenvolle Bilder am Firmament vernommen. Das wird fürchterlich enden, vielleicht sogar mit dem Jüngsten Gericht, wie es in der Heiligen Schrift angekündigt wird. Ganz sicher folgt aber bald die gerechte Strafe Gottes für das lasterhafte Verhalten vieler Subjekte, zu denen offenbar auch du zählst, bedauernswerter, armseliger Sünder. Das wirst du büßen, Jüngling. Mach dich auf das Schlimmste gefasst!"

Mario ließ den Greis mit ungemein durchfurchtem Gesicht, dessen schlohweißes Haar ihm um sein mageres Haupt flatterte, kommentarlos schwafeln. Obwohl er solcherart boshafte Ankündigungen zutiefst verabscheute, lauschte er dennoch gebannt dem wundersamen Väterchen. Dabei schoss ihm unwillkürlich die Frage durch den Kopf, wie es denn zu erklären sei, dass ein Mensch nach einem doch relativ langen irdischen Dasein, was ja bei diesem Methusalem gewiss zutraf, dergestalt törichtes Zeug redet.

Und doch blieben dessen absonderliche Worte wie zäher Kleister in Marios Hirnzellen haften. Womöglich ein böses Omen?

Der hutzelige Senior, dessen stark heraustehenden Augen sich fortwährend bedächtig im Kreise drehten, wetterte ohne Unterlass, und Mario verharrte reglos, ließ die völlig unerwarteten Schmähungen über sich ergehen, widersprach mit keiner Silbe. Ihm schwante, dass in seinem Gegenüber etwas Hinterlistiges, wenn nicht gar Bestialisches stecken könnte. Der Hassprediger erschien ihm zumindest nicht geheuer.

Als sich jedoch der Sturmwind zusehends entfesselte und dem Hochbetagten beinahe das spärliche Haar vom Kopf riss, packte der vermeintliche Schwächling jählings die gewichtige Holzbank, um sie einige Meter weiter an die Hauswand zu stellen. Mario war sprachlos, erstaunt und verblüfft darüber, wie flott und kraftvoll der befremdliche Kauz zu Werke ging. Anscheinend verfügte er noch über eine beachtliche Menge Energie. Sodann griff der Alte zu seinem Sitzkissen, nahm hurtig die Gehhilfe sowie einen Schlüsselbund zur Hand und öffnete die Tür, worauf auch der unverhofft gescholtene Besucher endlich ins Haus gelangte.

Kurz darauf umarmte und küsste Sabine Blume inbrünstig ihren heiß begehrten Liebhaber, der sie gleichermaßen ungestüm begrüßte. Indessen befiel ihn gleich darauf der Wissensdrang zu erfahren, welch einem seltenen Vogel er da unten begegnet wäre, zumal

9

er ihn bisher noch niemals gesehen hatte, obwohl er mittlerweile doch schon reichlich zwanzig Mal hier eingekehrt war.

Sabine konnte seiner Neugierde halbwegs nachkommen, indem sie plausibel antwortete:

„Ach, unser Herr Chamäleon! So nennen wir ihn wegen seiner eigentümlichen Augen, die er, ähnlich der kleinen Echse, meist auffällig langsam im Kreise und manchmal sogar entgegengesetzt bewegt. Allein das reichte offenbar einem Pfiffikus, ihn spitzbübisch mit dem eindrucksvollen Tier zu vergleichen, denn er verfügt weder über eine übermäßig lange Zunge noch lebt er auf Bäumen. Allenfalls kann er seine Gesichtsfarbe bei Gefahr rasch ändern.

Dem Vernehmen nach hat er sich längst an die ulkige Bezeichnung gewöhnt, findet wahrscheinlich sogar Gefallen daran, denn er pflegt vor allen Leuten emsig seinen kauzigen Ruf. In Wirklichkeit heißt er mit Familiennamen Schulze. Aber den benutzt kaum noch jemand aus der näheren Umgebung."

„Es leuchtet mir ein, was du sagst, mein Täubchen", entgegnete Mario. „Aber mehr noch als sein ungewöhnliches Erscheinungsbild befremden mich seine garstigen Worte, die er wie aus Kübeln über mich ausschüttete. Sie brennen jetzt noch in meiner Brust. Ich kann mir einfach keinen passenden Reim darauf machen, was er damit bezwecken will."

„Das verstehe ich, wer den Mann nicht kennt, erschrickt unwillkürlich infolge seiner oft irritierenden

Äußerungen. Doch er ist bestimmt vollkommen harmlos, soweit ich sein exzentrisches Verhalten einzuschätzen vermag", erklärte Sabine, fügte jedoch vorsorglich hinzu: „Freilich wäre demgegenüber auch zu bedenken, dass ‚die Linie, die Gut und Böse trennt, quer durch jedes Menschenherz verläuft', wie es Solschenizyn dereinst schrieb. Wahrscheinlich hatte der Literaturnobelpreisträger damit sogar recht, denn im Grunde genommen schlummert doch in jedem von uns ein potenzieller Mörder, selbst wenn wir das nicht vorbehaltlos wahrhaben wollen. Ob das launenhafte Monster erwacht und in welchem Maße es aktiv wird, hängt wohl in erster Linie von den jeweiligen Umständen ab, wie human einer auch erzogen und gebildet sein mag. Ich bin nicht schicksalsgläubig. Aber das Tier wohnt in uns!"

Das war ein ziemlich harter Schlag für Mario. Sabines Logik machte ihn betroffen, und eine düstere Ahnung von einem möglichen Unheil stieg in ihm auf, noch reichlich nebulös, nichtsdestoweniger als gefährlicher Keim schon in seiner Innenwelt spürbar.
Allzu gern hätte er das Thema sofort beendet, denn er hatte anderes im Sinn, nämlich ein erquickliches Schäferstündchen mit seiner vertrauensseligen Gespielin. Allein darauf zielte sein Begehren. Das Einzige, was er diesmal tatsächlich von ihr wollte, war ein heißer Liebesakt, vielleicht auch zwei, eben leidenschaftlicher Sex, um seine triebhafte Begierde umgehend zu befriedigen.

Indessen verkündete eine Kirchenglocke mahnend vier Schläge. Es war also bereits sechzehn Uhr.

Mario bedauerte schon, Sabine überhaupt nach dem wundersamen Alten befragt zu haben. Ihm blieben noch knapp zwei Stunden, dann würde er aufbrechen müssen, um einer anderen verheißungsvollen Verabredung zu folgen, was er allerdings eisern für sich behielt. Hätte er das amouröse Vorhaben leichtfertig preisgegeben, wäre garantiert im Nu eine hochdramatische Situation mit völlig ungewissem Ausgang eingetreten. Das musste auf jeden Fall vermieden werden. Die Katastrophe, welche er selbstverschuldet wiederholt heraufbeschwört, käme ohnedies noch früh genug, und sie wäre bei Weitem nicht die erste noch die letzte ihrer Art.

Während ihn solche Überlegungen plagten, schob Sabine überraschend nach, indem sie sagte:

„Herr Chamäleon wohnt übrigens Parterre. Also hat er dich bestimmt schon oft gesehen und beobachtet. Aber das hat nichts zu bedeuten, denn er ist gewiss frei von jeglicher Ruchlosigkeit."

Mario war von dieser wohlgemeinten Charakteristik nicht überzeugt. Vielmehr wurde er instinktiv vom Gedanken beschlichen, dem arg mysteriösen Typen, wie er ihn spontan empfand, eines Tages völlig unverhofft woanders nochmals zu begegnen, und zwar auf höchst bedrohliche Weise. Er wähnte sich leidlich unterrichtet und nicht minder gewarnt.

Obwohl ihn das mulmige Gefühl zunehmend aufwühlte, behielt er es streng für sich.

Nunmehr ergriff Sabine erneut das Wort:
„Dass du unseren drolligen Mitbewohner erst jetzt auf der Bank vor dem Haus angetroffen hast, ist nicht verwunderlich: Früher saß er öfter dort. Doch unartige Kinder haben ihn wegen seines nicht gerade salonfähigen Aussehens immer mal gefoppt und genarrt. Als er die ständige Hänselei ein für alle Mal satthatte, kaufte er eine kleinere Sitzbank, die er hinterm Haus aufstellte, wo sich unser Mister Chamäleon nun offenbar pudelwohl fühlt, denn man sieht ihn bei günstigem Wetter fast täglich stundenlang in beschaulicher Position, üblicherweise mit einem Buch in seinen Händen. Er liest augenscheinlich sehr gern, vorwiegend Kriminalliteratur.
Zudem absolviert er dort auch regelmäßig seine Körper- und Atemübungen, darunter Hatha-Yoga. Das Wissen dazu erwarb er sich aus einschlägigen Fachbüchern. Er beendet seine Bewegungsabläufe stets mit dem ‚Gruß an die Sonne‘, auch wenn diese gerade mal nicht am Himmel steht. Du weißt, ich kenne mich auf dem Gebiet mittlerweile einigermaßen aus, weil ich doch an einem Yoga-Lehrgang teilgenommen habe. Schließlich hatte ich dir gegenüber in dieser Hinsicht großen Nachholbedarf. Seither übe ich täglich – wie auch unser Chamäleon – wenigsten eine viertel Stunde, und es tut mir zunehmend gut …"

„Ja, das sehe ich, mein Täubchen, du wirkst zweifellos entspannter und obendrein vitaler als vorher. Das sanfte Training bekommt dir ausgezeichnet. Wie schön für dich und natürlich auch für mich!", unterbrach Mario jählings, aber nett ihren Redefluss.

Doch sie ließ sich nicht beirren und sprach gleich weiter, indem sie noch unbedingt hinzufügen musste: „Wer Herrn Schulze bei solcherlei Aktivitäten noch niemals beobachten konnte, dürfte kaum glauben, wie quicklebendig sich der greise Mann zeigt, sichtlich topfit und voller Lebensenergie. Er braucht trotz seiner fünfundachtzig Jahre noch keinerlei Hilfe, ist vollkommen selbstständig. Man mag ihm zwar das Alter ansehen, nicht hingegen seine geistige und körperliche Vitalität. Da können viel jüngere Zeitgenossen sicher kaum mithalten. Darum ist es mir rätselhaft, warum er ständig einen Spazierstock bei sich hat. Den braucht er eigentlich nicht. – Nun, wie dem auch sei, mein wissbegieriger Charmeur, deine heutige Begegnung mit ihm ist gewiss eine seltene Ausnahme, wenngleich mit unglücklichem Verlauf. Aber nimm das bitte nicht sonderlich ernst! Es würde dein Gemüt nur unnötig belasten."

Mario, gemeinhin ein sehr geduldiger Zuhörer, vernahm zwar seelenruhig Sabines Redefluss samt ihrem leutseligen Wortschwall, glaubte aber nicht vorbehaltlos an dessen Inhalt, was er ihr gegenüber jedoch verschwieg. Und die Gehhilfe des mysteriösen Alten war ihm sowieso arg seltsam vorgekommen.

Herkömmliche Krücken sahen anders aus, ohne jeglichen Drücker am Knauf. Dies war Mario erst beim Öffnen der Haustür aufgefallen, als ihm der Senior den Griff des Stocks direkt unter die Nase gehalten hatte. Ob das Absicht oder Zufall gewesen war, vermochte er nicht zu beurteilen. Gleichwohl behielt er auch das für sich und starrte beiläufig wie gebannt auf den kleinen Tischventilator, der leise surrend für ein bisschen Kühlung sorgte.

Tatsächlich wurde Mario das mulmige Gefühl nicht mehr los, dass mit dem besagten Herrn irgendetwas nicht stimmte und er möglicherweise verdammt gefährlich werden könnte. Aber es war nur eine düstere Vermutung, die sich unweigerlich in seinen wachsamen Hirnzellen festsetzte.

Sabine argwöhnte zwar seit Längerem, von ihrem rätselhaften Mitbewohner fortwährend belauert und eventuell sogar leibhaftig verehrt zu werden, war sich aber nicht völlig sicher. Darum verschwieg sie diese Annahme Mario gegenüber.

Als müsste sie ihre einschlägigen Überlegungen schärfen, drängten sich unaufhaltsam Erinnerungen in ihr Bewusstsein, darunter folgende:

Eines Tages, als sie hinterm Haus ihre frisch gewaschenen Kleidungsstücke an die Leine klammerte und dabei Herrn Chamäleon beobachtete, der ausnahmsweise recht stumpfsinnig auf seiner Holzbank saß, nahm sie dort zum ersten Mal neben ihm Platz.

Der Alte war sofort hellwach und voller Freude. Am liebsten hätte er sie wohl spornstreichs fest umarmt, was er allerdings vorsichtshalber unterließ. Trotzdem vernahm sie deutlich seine entfachte Begeisterung, obschon mit gemischten Gefühlen.

Diese verstärkten sich unweigerlich, als er sie bald darauf mit einer pfirsichfarbenen Rose überraschte. Auffallend schick gekleidet sowie erhobenen Hauptes und trotzdem merklich verunsichert ihr gegenüber, hielt er die Blume für eine kurze Weile hinterm Rücken mit beiden Händen fest, bevor er sie ihr unter funkelnden Augen überreichte.

Sabine nahm zwar diese nette Gabe dankend entgegen, vermochte jedoch ihre Verlegenheit dem Bewunderer gegenüber nicht zu verbergen.

Da sie sich in der Blumensprache hinreichend auskannte, wusste sie sofort, dass er durch seine gewiss absichtliche Wahl der Farbe sowohl Anerkennung als auch Dankbarkeit und Sympathie vermitteln wollte. Das machte sie ebenso glücklich wie befangen. Hätte er ihr dagegen ein Bukett mit roten Rosen oder auch nur eine einzige davon dargeboten, wäre sie bestimmt arg verblüfft gewesen über das Sinnbild für entbrannte Liebe, namentlich in erotischer Hinsicht.

Von solcherlei intimen Gefühlen und Absichten ließ sich Herr Chamäleon jedoch nicht leiten. In ihm war vielmehr eine Art Beschützerinstinkt erwacht.

Gleichwohl offenbarte die ritterliche Geste ein deutliches Zeichen großer Zuneigung.

Sodann entfachte sich eine weitere, ebenso markante Begebenheit in Sabines Gedächtnis wie folgt:

Im vergangenen Winter, als sie eines Tages von der Arbeit heimkehrte, blieb sie mit ihrem rechten Stiefelabsatz am Rande des Fußabstreifers hängen.

Der metallene Vorleger war nicht ebenerdig angebracht worden, sondern lag trotz seiner beachtlichen Höhe von rund vier Zentimetern einfach vor der Eingangstür. Zudem war er gerade vom frisch gefallenen Schnee bedeckt.

Sabines kurzzeitige Unaufmerksamkeit gereichte ihr prompt zum Schaden. Sie verstauchte sich den Fuß derart massiv, dass sie infolge des plötzlichen Schmerzes unwillkürlich laut aufschrie. Doch es währte nur wenige Sekunden und Herr Schulze, der sie von seinem Wohnzimmer aus, wie so oft hinter einer Gardine lauernd, aufmerksam beobachtet hatte, war zur Stelle geeilt, um ihr liebend gern beizustehen.

Da sie mit ihrem verletzten Bein nicht mehr auftreten konnte, fasste er sie rechtshändig behutsam um die Hüfte, während sie sich mit ihrer linken Hand an seiner Schulter festhielt. So gelangten beide vorsichtig in seine Stube, um das Ausmaß des Gebrechens zu prüfen, nachdem Sabine in einem alten Sessel Platz genommen hatte. Als sie sich im Raum umsah, war sie erstaunt darüber, wie aufgeräumt er sich darbot, ehrsam ordentlich und sauber.

Der Senior zog ihr sanft den Stiefel und Strumpf vom Fuß, und schon war eine starke Schwellung zu sehen, worauf sich der betagte Kavalier sehr besorgt zeigte, denn es könnte ja etwas gebrochen sein.

Weil abends die Arztpraxen geschlossen sind, wollte er sofort den Notdienst rufen oder mit ihr selbst ins Friedrichstädter Krankenhaus fahren, das sich ganz in der Nähe befindet und am schnellsten erreichbar wäre. Sie entschied sich indessen für den Rettungswagen, und so ward das Malheur bald behoben. Es handelte sich um eine mittelschwere Verstauchung.

Dass er sie im Verlauf seiner Hilfsaktion notgedrungen berühren musste und durfte, hatte er sicher als ein himmlisches Geschenk empfunden. Wahrlich kein Hexenwerk, wenn sich dabei seine Pulsschläge rasant beschleunigten und nicht nur die Segelohren zum Glühen brachten.

Wohl kaum ein anderer hätte sich damals so fürsorglich um Sabines Genesung gekümmert wie Herr Schulze, denn er tat es mit bewundernswerter Hingabe. Dabei hatte sie ihm am Rande anvertraut, wie sehr sie Mario Wolf liebe und dass sie ihn vielleicht schon in naher Zukunft heiraten werde, um möglichst bald eine eigene Familie zu gründen.

Das hatte der selbstlose Helfer mit quälender Sorge vernommen, denn er hegte ernsthafte Zweifel, ob es jemals dazu kommen würde, sprach aber nicht darüber. Möge sie doch weiterhin hoffen und ihre überströmende Wonne genießen! Das Schicksal würde ihr unseligerweise solcherlei Hochgefühle nicht mehr lange bieten können. Darin war sich der alte Mann vollkommen sicher, denn er berief sich auf seine enorme Erfahrung in mannigfacher Hinsicht.

Seit jenem zufälligen Ereignis grüßten sich das spleenige Väterchen und Sabine auffallend freundlich. Derweil unterhielt man sich mitunter auch recht eingehend über verschiedene Themen. Doch zu seiner Vergangenheit verlor ihr Mitbewohner kein Sterbenswörtchen. Folglich konnte sie nicht wissen, woher er kam, ob er Familienangehörige hatte, wie sein Lebenslauf war. Buchstäblich nichts wurde ihr davon anvertraut. Da Sabine beizeiten merkte, dass er darüber nicht sprechen wollte, zähmte sie ihre Neugier. Das minderte aber nicht den ansonsten netten Gedankenaustausch.
Erst viel später, als Sabine von großem Kummer geplagt wurde und zu Depressionen neigte, verriet Herr Schulze beiläufig, dass er jahrzehntelang in einem Forschungslabor als Biologe gearbeitet habe, wo er hauptsächlich mit Pflanzengiften beschäftigt war. Vielleicht könne er ihr auf seine Weise helfen, ihre Plagegeister wieder loszuwerden.
Ihr war allerdings zeitlebens verborgen geblieben, was genau er damit meinte.

Hin und wieder schenkten sich beide einander sogar kleine Aufmerksamkeiten. Ungeachtet dessen zeigte sich der Senior ihr gegenüber niemals aufdringlich, bewahrte standhaft gebührenden Respekt, was Sabine besonders an ihm schätzte, denn sie war aus unerfindlichen Gründen nach wie vor auf eine gewisse Distanz bedacht.

Selbstredend hatte er schon weit früher die bildhübsche junge Frau gezielt in Augenschein genommen, wann immer sich eine passende Gelegenheit dafür ergab, obwohl noch zwei weitere blühende Schönheiten im Hause wohnten. Doch allein auf Sabine Blume richtete sich sein ganzes Wohlwollen. Am liebsten hätte er sie ohne Unterlass wie das eigene Kind beschützt. Für sie würde er buchstäblich alles tun, auch unter Einsatz seines Lebens, denn er verehrte sie wie eine zauberhafte Göttin. Nie hätte er ihr auch nur das geringste Leid zugefügt. Ihr nicht! Demzufolge sollte es auch kein anderer wagen, ihr Böses anzutun!

Da er Frühaufsteher war, konnte er sie jederzeit beobachten, wie sie beschwingt zur Arbeit ging und feenhaft dahinschwebte, was er stets als Hochgenuss empfand. Zudem wartete er gemeinhin nicht minder sehnsüchtig auf ihre Heimkehr, um sich erneut an ihrer betörenden Erscheinung zu berauschen. Sobald sie in sein Blickfeld trat, ging für ihn die Sonne auf, voller Pracht und Erhabenheit, und er fühlte sich namenlos glücklich. Dagegen wurde ihm schwer ums Herz, wenn er sie zusammen mit ihrem Liebhaber weggehen oder heimkehren sah.

Von alledem wussten freilich weder Sabine noch Mario. Dennoch tauchten beiläufig gerade jetzt solcherart Gedanken bei ihr auf, während Mario immer noch wie gebannt auf den Lüfter stierte, als könne das technische Gebilde Wunder vollbringen.

Wie aus dem Nichts erwachten in Sabines Kopf Erinnerungen an Gespräche, die sie zwischenzeitlich mit Herrn Schulze zu mancherlei Fragestellungen geführt hatte. Und wieder fiel ihr auf, dass er dabei sein früheres Leben konsequent aussparte. Höchst seltsam! Was mochte dahinterstecken? –
Diese nebulösen Eingebungen behielt Sabine jedoch weitgehend für sich. Lediglich ein paar verschwommene Andeutungen ließ sie sich entlocken, womit Mario allerdings nichts anzufangen wusste. Was war nur plötzlich mit ihr los? Sie wirkte befangen, irgendwie beunruhigt und mit vernehmbarer Sorge erfüllt.

Endlich raffte sie sich forsch aus den störenden Tagträumen und fragte jählings ihren Freund:
„Magst du etwas trinken?"
„Ja, gerne!", war postwendend seine Reaktion, und er fühlte sich wie von Zauberhand spontan befreit vom langen Erörtern einer fatalen Angelegenheit.
„Den italienischen Dunkelroten?", hakte Sabine nach.
„Mit Vergnügen, der ist preisgünstig und mundet uns beiden doch vorzüglich", antwortete Mario erleichtert, zumal er hoffnungsfroh vernahm, wie Sabine faunisch ihrem Namen alle Ehre machte und wie eine auserwählte Blume prachtvoll erstrahlte.

„Ich bereite uns noch fix ein paar Happen", äußerte sie unverkennbar lüstern und lief in ihre Miniküche, worauf Mario erwartungsvoll eine vertraute Weinflasche mit der Aufschrift „RUBINAIA" öffnete.

Er beabsichtigte, sich davon höchstens zwei Gläschen zu genehmigen, denn er musste unbedingt einen klaren Kopf behalten. Obendrein mahnte die extreme Wärme zur Vorsicht. Und was sich Mario einmal fest vornahm, wurde auch konsequent eingehalten. Darin war er durchweg außerordentlich diszipliniert.

Bald danach kuschelten die innig Verliebten zärtlich miteinander in der kleinen, eher spartanisch als üppig, aber durchaus sinnvoll eingerichteten Mansardenwohnung der hübschen Lehrerin, während draußen bereits die monströsen Gewalten tobten. Und je stärker der Regen aufs Dach prasselte, desto tiefer empfanden sie ihre Zweisamkeit, denn es war Sonntag, und sie hatten ihn buchstäblich herbeigesehnt.

Wie ungestüm sich die Witterung auch gebärdete, das entflammte Pärchen vermochte sie nicht davon abzuhalten, sich dem sexuellen Begehren unbefangen hinzugeben. Im Gegenteil, Amor verweilte offenbar ganz nah bei ihnen. Schnell erfasste beide das zügellose Verlangen, sich vollends zu vereinen. Und so geschah, was sich weltweit in jeder Sekunde unzählige Male vollzieht: Menschen folgen ihrer Fleischeslust, die sie zu befriedigen suchen, ein jeder auf seine Art. „Dabei ist alles erlaubt, was keinem schadet", lautete das Verhaltensmotto von Sabine und Mario.

Nachdem sie ihre glühende Leidenschaft gestillt und die schweißgebadeten Körper nochmals geduscht hatten, entspannten sie beseelt und zufrieden auf dem ausgezogenen Sofa, das ihnen genügend Platz dafür bot. Während Mario flugs in einen leichten Schlaf versank, erhob sich Sabine wieder und öffnete ein Fenster, um mehrfach kräftig durchzuatmen.

Die teuflische Gewitterfront hatte sich inzwischen mitsamt ihren Monsterenergien verzogen. Das Jüngste Gericht war anscheinend vertagt worden und die Apokalypse ausgefallen. Der Weltuntergang fand vorerst nicht statt. Dafür war die Luft abgekühlt und mit frischem Sauerstoff angereichert worden.
Als Sabine das kostbare Geschenk der Mutter Natur minutenlang eingesaugt hatte, legte sie sich erneut aufs Sofa und ließ ihre Gedanken wahllos treiben. Dabei formten sich peu à peu traumhafte Bilder von der ersten Begegnung mit ihrem Freund, worauf sie in zutiefst angenehmen Erinnerungen schwelgte.

II

Jene merkwürdige Schicksalsfügung hatte sich vor nunmehr fast sechs Monaten ereignet, kurz vor Weihnachten. Sabine stand damals an der Kasse eines Supermarktes und musste mit argem Schrecken feststellen, dass sie zu wenig Geld bei sich hatte, um die im Korb befindliche Ware zu bezahlen. Es fehlten genau zwei Euro.

Indessen weilte Mario Wolf unmittelbar hinter ihr, und es befiel ihn nicht der geringste Zweifel, der ersichtlich beschämten jungen Frau sofort beizustehen. Mit Vergnügen reichte er ihr die fehlende Münze, welche sie dankend entgegennahm. Obwohl sie dabei nur einen kurzen Blickkontakt zu dem hochgewachsenen, ungemein sympathisch anmutenden Mann hatte, wurde ihr sofort warm ums Herz, und eine leichte Röte belebte ihr Gesicht ebenso wie der zunehmende Glanz ihrer rehbraunen Augen.

Dies überraschende Ereignis war der Auslöser einer baldigen Partnerschaft mit dem hilfsbereiten, gut aussehenden Gentleman. Beide waren nämlich daraufhin während des Verpackens ihrer Einkäufe miteinander ins Gespräch gekommen, zu dessen Resultat wohl Göttin Fortuna höchstpersönlich beigesteuert hatte.

Wenigstens erwies sich Sabine als kühn genug, ihren freundlichen Helfer für den zweiten Weihnachtstag zum gemeinsamen Festessen einzuladen – der erste gehörte traditionell ihren Eltern.

Spornstreichs umarmte Mario sie entschlossen und liebevoll, denn er wusste ohnehin nicht genau, was er in seinem aktuellen Singlestatus während der bevorstehenden Feiertage anstellen sollte.

Ihr erging es ähnlich. Sonach ward postwendend eine zarte Bande geknüpft, die fortan im beiderseitigen Interesse behutsam gepflegt und vertieft wurde.

Bald darauf genossen sie ihre ungestüme Zuneigung stets in vollen Zügen, wann immer sonstige Pflichten es ihnen ermöglichten, beisammen zu sein, um ihr überbordendes Verlangen nach körperlicher Nähe gegenseitig zu stillen.

Wie auch vorhin versank Mario anschließend oft in den Schlaf des Gerechten, denn Morpheus nahm ihn anscheinend eigens deshalb fest in seine Arme, weil sich der Schwerenöter beim Liebesakt stets restlos verausgabte, da er verblüffend einfallsreich und überaus aktiv zur Sache ging, was seine Partnerin ausnehmend begeisterte. Kein Wunder, dass sie erneut zum fabelhaften Höhepunkt gekommen war, wie sie ihn bisher nur durch Mario mehrfach erlebt hatte. Dabei geriet sie immer wieder in einen überschäumenden Sinnenrausch, der sie geradezu ergötzte.

Sabine empfand diesen athletischen Typen als eine großartige Errungenschaft, ein Mann von Format, der ihr vor knapp einem halben Jahr zufällig begegnet war, dem man blind vertrauen konnte, glaubte sie bis auf Weiteres. Von ihm ließe sie sich gern ein Kind zeugen, vielleicht auch zwei oder gar drei, um möglichst als echte Familie mit diesem famosen Kerl gemeinsam durchs Leben zu wandeln. Er wäre genau der Richtige, ihr Herzblatt, nach dem sie lange gesucht habe und den sie endlich ihr Eigen nennen durfte. Einer herrlichen Zukunft stünde nun nichts mehr im Wege, meinte sie in tränenfeuchter Rührung.

Gewiss, Sabine hatte mit ihren siebenundzwanzig Lenzen schon mehrere Affären aufzuweisen, namentlich während der Studienzeit, doch allesamt waren nur von kurzer Dauer gewesen. Man lernte sich kennen, ging auch schnell mal gemeinsam ins Bett, wenn man sich besonders mochte, erst recht, falls beide aufeinander erotisierend wirkten, aber mehr war nicht. Eine wirklich tiefgründige Sympathie, die man glückstrunken jauchzend empfunden, vorbehaltlos bewahrt und ebenso inbrünstig wiederholt hätte, war offenbar anderen vorbehalten, meinte sie anscheinend für eine gewisse Zeitspanne.
Nur einmal, als Sabine bereits zwei Jahre Schuldienst absolviert hatte, sie unterrichtete an einem Dresdener Gymnasium Deutsch und Englisch, entwickelte sich eine Romanze zwischen ihr und einem Kollegen. Da er verheiratet war und seine Frau unter keinen Umständen verlassen wollte, was sich jedoch erst nach mehreren vertraulichen Treffen herausstellte, zerbrach

das intime Verhältnis. Sie blieben zwar weiterhin freundschaftlich miteinander verbunden, arbeiteten nach wie vor in derselben Einrichtung, doch ihre Liebesbeziehung war endgültig passé.

Für Mario indes fand Sabine nur lobende Worte, und sie konnte ihr Glück kaum fassen, vom Schicksal mit einem solch gütigen Mann beschenkt worden zu sein. Bisher hatte er sie kein einziges Mal enttäuscht oder gar beleidigt, stattdessen wiederholt angenehm überrascht. Seine kultivierten, augenscheinlich tadellosen Manieren beeindruckten sie ebenso stets aufs Neue, wie seine gekonnte Ausdrucksweise oder das selbstsichere Auftreten und nicht zuletzt die jederzeit passend angebrachten Komplimente ihr gegenüber.

Außerdem hatte sie inzwischen glaubhaft vernommen, dass er seinen Beruf mit gediegener Sachkenntnis und beflissen ausübte, was ihm zunehmend hohe Anerkennung einbrachte.

Auch er unterrichtete an einem Gymnasium, allerdings in einem anderen Stadtbezirk. Marios Fachgebiete waren Sport und Mathematik, sicherlich eine trächtige Kombination für Körper und Geist. Darüber hinaus betreute er außerhalb des offiziellen Schulbetriebes ehrenamtlich mehrere Jugendgruppen, die zusätzlich fachliche Hilfe benötigten.

Gleiches galt für Sabine. Beide waren mit Leib und Seele Pädagogen, was die meisten ihrer Schüler schnell erkannten und auch besonders achteten.

Die privaten Aufenthalte des Liebespaares befanden sich relativ weit voneinander entfernt, was in einer großflächigen Metropole wie Dresden mit rund einer halben Million Bewohnern vollkommen normal, also durchaus üblich sein dürfte.

Insofern war das Zusammentreffen im erwähnten Supermarkt weiß Gott eine zufällige Begegnung, jedoch eine, welche Sabine beinahe Schwingen verlieh, denn seither wähnte sie sich wie im sprichwörtlichen siebenten Himmel, der vermeintlich eigens für sie voller Geigen hing. Andererseits blieb ihr ebenso wie dem Geliebten wenig Zeit für ein direktes Beisammensein. Umso mehr freuten sich beide auf die jeweils freien Stunden und Tage, um ihr überschwängliches Hochgefühl miteinander zu teilen, den Freudenbecher bis zur Neige auszuschöpfen.

Was kann es Schöneres geben? Nichts auf der Welt vermag echte Liebe aufzuwiegen!

Sonach lächelt Amor stets aufs Neue voller Genugtuung, wenn es ihm gelingt, mit seinen göttlichen Pfeilen auserwählten Erdenkindern das edelste, weil am meisten entzückende Geschenk zu verabreichen.

Doch überaus bezaubernde Sternstunden und plötzlicher Verdruss liegen viel zu oft eng beieinander. Und nicht jeder davon Betroffene ist diesem tückischen Spannungsfeld gewachsen, um es anhaltend zu beherrschen, auch Sabine Blume nicht.

Gegenüber ihren zwei Gefährtinnen, zu denen sie seit früher Jugend ein sehr inniges Verhältnis pflegte, geriet Sabine schnell in reinste Schwärmerei, sobald sich die Gespräche auf Mario bezogen. Er sei ungemein bezaubernd, ein wahrhaft echter Charmeur. Einen edleren Charakter könne sie sich gar nicht vorstellen. Niemals habe sie unflätige Äußerungen oder plumpe Sprüche von ihm vernommen. Er wisse um seine Grenzen und nicht minder, die schönen Dinge des Lebens mit ihr zu genießen, gleich dem Leitsatz: „Nutze den Tag, denn er kehrt nicht wieder!"

Sein ausgesprochen sonniges Gemüt überstrahle alles. Schlechte Laune kenne er mutmaßlich nicht oder allenfalls äußerst selten.

Natürlich wisse auch sie, dass kein menschliches Wesen immer nur freundlich sein könne. Doch missgelaunt habe sie ihn noch kein einziges Mal erlebt, und das sei einfach wohltuend.

Auch Marios stattliche Erscheinung als sichtbar durchtrainierter Körper in einer für sie idealen Größe von 180 Zentimetern gefalle ihr. Sonach sei sie nur um eine halbe Kopflänge kleiner als er. Zudem profitiere sie oftmals von seinen umfangreichen Kenntnissen. Er habe schließlich acht Jahre Lebenserfahrung mehr zu bieten, was sie als echten Vorteil empfinde. Obwohl sie über eine gediegene Ausbildung verfüge, namentlich auf sprachlichem und literarischem Gebiet, zudem auch stets bereit wäre, Neues hinzuzulernen, brächte sie Marios universelles Wissen oft zum Erstaunen. Mitunter habe sie schon den Eindruck, als spräche aus ihm eine gewisse Altersweisheit, obwohl er doch erst fünfunddreißig Lenze zähle.

Kennzeichnend sei auch seine Hilfsbereitschaft, die sie manchmal für ihre Belange nutze. Er verlange dafür keinerlei Gegenleistung. Im Übrigen gewähre er ihr sämtliche Freiheiten, wirke niemals argwöhnisch oder ichsüchtig. Egoistische Verhaltensweisen seien ihm anscheinend wesensfremd.

Man hörte Sabine gerne zu, weil sie anschaulich und spannend erzählen konnte. Darüber hinaus erregte ihre tiefe, fast männliche Stimme (!) generell ungeteilte Aufmerksamkeit.

Mit ihren lebhaften Schilderungen erzeugte sie bei ihren Freundinnen jedoch nicht nur das erwünschte Interesse, sondern auch zunehmend einen gewissen Neid. Die beiden waren nämlich schon seit einigen Jahren verheiratet und hatten je zwei gesunde Kinder. Sie fühlten sich immer mehr in der üblichen Tretmühle gefangen. Beruf, Haushalt und andere familiäre Pflichten nahmen sie voll in Anspruch, auch wenn ihnen die Ehepartner fortwährend hilfreich zur Seite standen. Da gab es nichts zu tadeln.

Gleichwohl schien ihnen das große Glück für einige Momente abhandengekommen zu sein, sobald sie Sabines Worten lauschten. Die berühmten Schmetterlinge im Bauch empfanden sie inzwischen als einen viel zu selten vernehmbaren Wirbel ergötzlicher Gefühle. Der schnöde Alltag forderte eben seinen angemessenen Tribut.

Dessen ungeachtet gönnten sie ihrer großartigen, stets aufrichtigen und gleichermaßen zuverlässigen

Freundin die wunderbare Liebe, von der sie oftmals in den höchsten Tönen schwärmte, denn für ihren Mario war sie uneingeschränkt Feuer und Flamme.

Auf solcherart berauschende Erlebnisse konnten hingegen beide Frauen allenfalls vereinzelt aus vergangenen Zeiten verweisen, was nicht sonderlich verwundern sollte, offenbart sich doch Gleiches und Ähnliches früher oder später in jeder Partnerschaft, mag sie noch so sehr durch innige Zuneigung fundiert sein.

Wie treffend doch bereits Ovid vor zweitausend Jahren poetisch festhielt:

„Jupiter lacht aus der Höhe über die Meineide der Liebenden und lässt sie bedeutungslos im äolischen Südwind verwehen."

Auch Sabine Blume würde nicht endlos von paradiesischen Wonnegefühlen getragen werden. Aber eine solide Partnerschaft ist mehr als überschäumende Schwärmerei. Ihre zwei Freundinnen hatten schließlich feste Partner und mit ihnen eine im Grunde genommen vollauf glückliche Familie, die sie auf keinen Fall missen wollten. Auch blickten sie durchaus zuversichtlich auf ihr weiteres Schicksal.

Was aber keine der drei Gefährtinnen ahnte, war der höchst merkwürdige Tatbestand, dass Mario Wolf sexuell ausgesprochen lüstern veranlagt war und fast zwanghaft seiner Neigung nachkam, untreu zu sein, Liebschaften ständig zu wechseln. Allzu gern folgte er den bezirzenden Verlockungen holder Weiblichkeit, um sich in deren Venusgärtchen zu vergnügen.

Und es lächelten allerorts genügend Evastöchter, die ihm mit Freuden gewährten, seine triebhafte Veranlagung auszuleben.

Außerdem bewahrte Mario seit Langem ein schwerwiegendes Geheimnis, das viele Männer glattweg umgehauen und vermutlich noch mehr Frauen vollkommen ratlos gemacht hätte, falls sie unmittelbar davon betroffen wären.

Damals, er zählte knapp einundzwanzig Lenze, wurde er urplötzlich mit einem entsetzlichen Sachverhalt konfrontiert, worauf der ansonsten ungläubige Erdensohn gänzlich verzweifelt zum Himmel schrie:

„O, mein Gott, was hast du mir nur angetan? Wofür habe ich eine solch harte Strafe verdient? Kann ich dieses schreckliche Leid jemals wieder loswerden?"

Doch der vermeintlich Allwissende antwortete dem nahezu ohnmächtig Hilfesuchenden nicht.

Nachdem Mario allmählich klargeworden war, er müsse sich mit seiner – für ihn unsagbar bedrückenden – Heimsuchung ein für alle Mal abfinden, hatte er sich felsenfest vorgenommen, sie auf gar keinen Fall jemandem freiwillig preiszugeben.

Mittlerweile sind vierzehn Jahre verflossen, und er konnte seinen einstigen Schwur tatsächlich einhalten, wie verlockend einzelne Situationen auch gewesen sein mochten, sich unversehens zu verraten. Selbst die intimsten Begegnungen mit sehr nahestehenden Personen waren nicht dazu angetan, seine bizarre Eigenheit anderen mitzuteilen. Kurzum, er beabsichtigte nicht, den Schleier des Geheimnisses überhaupt jemals zu lüften.

Derweil – das Liebespärchen verharrte immer noch splitternackt auf dem gemütlichen Sofa, er schlummernd, sie sinnierend – erschienen vor Sabines geistigem Auge herrliche Bilder, den bezaubernden Kumuluswolken ähnlich, denen man gerne nachschaut, die dahinschwebten, hinreißend schön in Gestalt phänomenaler Erinnerungen, eng verknüpft mit einzigartigen Zukunftsträumen.

Sodann richtete Sabine sich spontan auf und ließ ihre Blicke über Marios muskulösen, wohlproportionierten Körper gleiten. Dessen kleiner Mann ruhte schlaff zur Seite geneigt. Er hatte ja auch hervorragende Dienste geleistet!
Unwillkürlich erfasste sie der Gedanke zu erfahren, wie lang und stark das Glied eigentlich war, wenn es sich im Erektionszustand befand. Am liebsten hätte sie gleich nach einem Messband gesucht, um sich bald zu vergewissern, ob es tatsächlich mehr bot als all jene, die sie früher kennengelernt hatte. Immerhin befielen sie wie durch ein Wunder lustbetonte Jauchzer, sobald Marios Zauberstab ihr ureigenes Heiligtum berührte und besonders heftig, wenn er behutsam oder mitunter auch ziemlich wild dort eindrang. Aber sie

mochte und genoss es, das pure Wonnegefühl, denn sie war den sinnlichen Freuden überaus zugetan.

Inzwischen verspürte sie bereits ein deutliches Kribbeln im Schoß, und sie griff mit einer Hand ganz zart nach dem Wunderhorn ihres Geliebten. Das brauchte keine fünf Minuten und stand wie ein strammer Soldat, verfügbar gerüstet für ein neues Abenteuer, zumal sich Mario nach der Berührung prompt als hellwach erwies.

„Diesen herrlichen Burschen würde ich gerne exakt vermessen, um genau im Bilde zu sein, was mir da an Größe und Stärke geboten wird", meinte Sabine entzückt und schon merklich erregt.

„Das kann ich dir sagen", entgegnete Mario mit erkennbarem Stolz in seiner Brust. „Er unterliegt zwar gewissen Schwankungen, doch in Bestform schafft er bis zu neunzehn und im Durchmesser fast vier Zentimeter."

„Wow!", rief Sabine begeistert, „jetzt verstehe ich, warum Naturvölker dem Phalluskult frönen, das aufgerichtete männliche Glied als Symbol für Kraft und Fruchtbarkeit verehren."

Inzwischen begierig feucht und heiß, wollte sie sich nicht länger mit Worten begnügen, sondern unverzüglich zur Tat schreiten, um ihren erneuten Durst nach sexueller Befriedigung zu stillen.

Diesmal übernahm sie entschlossen das Kommando, was freilich bisher so gut wie nie stattgefunden hatte, denn üblicherweise ergriff bei solcherart intimen Amüsements Mario viel couragierter die Initiative. Doch es behagte ihm sehr, was eben passierte.

Schon stieg Sabine mit einem Fuß über seinen Körper, spreizte ihre Beine, kauerte sich, fasste nach dem unverhohlen einsatzbereiten Prachtexemplar und führte es behutsam ganz tief in die höchst lüsterne Muschel. Dabei verspürte sie mehr denn je, wie bekömmlich ihr diese Position war, weil sie nun selbst den Rhythmus des Geschehens bestimmen konnte. Hierzu wurde Sabine übrigens erst durch Mario ermutigt, zumal sie früher meist vertrauensvoll hinnahm, was der jeweilige Partner für angemessen hielt. Kurzum, sie war in solchen Belangen ziemlich lange sehr naiv und befangen gewesen.

Demgegenüber verlief mittlerweile vieles anders. Beide erlaubten sich ausgiebig Zeit und genossen mit allen Sinnen den nochmaligen Liebesakt. Da Mario, mannigfach erprobt, nicht befürchten musste, verfrüht einen Samenerguss zu erleiden und sonach die unerwünschte Erschlaffung seines kleinen Helden hinzunehmen, überließ er seiner wackeren Amazone vorbehaltlos die wollüstige Geschäftigkeit.

Schließlich beugte sich die überaus emsige Akteurin aus ihrer Reiterstellung weit nach vorn und wedelte mit ihren Haarspitzen über Marios Gesicht. Auch das regte ihn an, hatte er ihr doch einst empfohlen, bei erotischen Gelüsten ihre prächtige Mähne findig ins

Spiel zu bringen, denn das erhöhe noch ihre sexuelle Ausstrahlung.

Sonst trug sie ihr brünettes Haarkleid in Form eines jugendlich keck wirkenden Pferdeschwanzes. Nur zu bestimmten festlichen Anlässen wurde der Schopf straff nach hinten gekämmt und zu einem ansehnlichen Dutt zusammengefügt, der wiederum eine gewisse Eleganz und Noblesse vermittelte.

Nun kamen die über alle Maßen beseelt Vereinten in den rhythmischen Endspurt und gelangten zum gemeinsamen Höhepunkt. Was könnte mehr ergötzen oder stärkere Flügel verleihen?

Nach ungefähr zehn Minuten stand Mario auf und ging ins Bad, um sich ein weiteres Mal abzubrausen, während Sabine glücklich und zufrieden über das Geschehene nachdachte und das abschwellende Knistern der Gefühle in echter Rührseligkeit auskostete.

Ein schrilles Läuten seines Handys riss sie unverhofft aus ihren Trugbildern, die ihr vorgaukelten, mit diesem Mann werde sie eine wunderbare Zukunft gestalten. Er allein würde für immer der kostbarste Edelstein ihres Herzens bleiben, entnahm sie ihren liebestrunkenen Gefühlswallungen.

Erneut meldete sich das Mobiltelefon. Da sich Mario noch unter der Dusche befand, griff sie beherzt nach dem Gerät, denn es könnte ja etwas Wichtiges sein.

Sie drückte auf Empfang und meldete sich noch zaghaft kurz mit „Ja".

Am anderen Ende folgten Sekunden des Zögerns. Dann ertönte eine leicht zweifelnde Frauenstimme: „Bist du es, Mario?"

„Ja", antwortete Sabine bereits leicht verunsichert, aber noch kühn in gewohnt tiefer Klangfarbe.

„Du klingst so komisch. Ach, mir fällt gerade ein, du wolltest dir ja ein neues Handy besorgen. Das wird es sein. Ich will mich nur vergewissern, ob es heute, wie vereinbart, bei achtzehn Uhr bleibt. Du kommst doch, mein Liebster?"

Wieder folgte ein dumpfes „Ja".

„Schön, ich freue mich riesig darauf, denn ich habe eine unglaubliche Sehnsucht nach dir, mein heißblütiger, wackerer Ritter."

Sabine geriet fast in Ohnmacht. Sie richtete sich auf, blieb aber auf dem Sofa sitzen und versank in unsäglicher Betrübnis. Dabei loderte schon die Eingebung in ihren Hirnzellen, ob sie Mario eventuell gleich zur Rede stellen sollte. Doch ebenso rasch verwarf sie das Vorhaben, denn sie wähnte sich momentan überhaupt nicht in der Lage, mit ihm ein sachliches Gespräch zu führen. Außerdem wäre dafür auch viel zu wenig Zeit geboten, er würde ja sicherlich in wenigen Minuten aufbrechen.

Genauso geschah es auch. Nachdem Mario bereits angekleidet aus dem Bad kam, richteten sich seine

Blicke etwas verwundert auf Sabine, die im Gesicht kreidebleich und körperlich zusammengesunken dasaß. Infolgedessen fragte er sichtlich bekümmert:
„Ist dir nicht wohl?", worauf sie mit deutlich bebender Stimme und schon den Tränen nahe antwortete:
„Es ist alles okay."
„Na gut, dann gehe ich jetzt."
Er gab ihr einen Abschiedskuss auf die Stirn, berührte dezent ihr zerzaustes Haar und entfernte sich auffallend leise.

Infolge seines unerklärlichen Verhaltens war in Sabines Innenleben ein emotionales Chaos mit höllischen Qualen ausgelöst worden, zumal sie bereits ahnte, dass er niemals wieder zu ihr zurückkehren würde. Dagegen konnte sie weder vermuten noch wissen, dass sie schon in naher Zukunft vom tiefen Verlangen befallen wird, ihm noch einmal ganz nahe zu sein.
Tags darauf schlich sie zu ihrem Hausarzt und ließ sich wegen totaler Erschöpfung krankschreiben, denn sie fühlte genau, für mehrere Wochen arbeitsunfähig zu sein, so zermürbend war ihr Seelenschmerz.

Herr Chamäleon hatte schnell mitbekommen, warum es seiner überaus verehrten Mitbewohnerin denkbar schlecht erging, denn es war eingetreten, was er bereits seit Längerem befürchtet hatte.
Daraufhin schmiedete er zielgerichtet einen teuflischen Plan.

III

Binnen weniger Minuten war Mario bei seiner neuen Flamme, weil er mit der Straßenbahn fuhr und schon nach drei Haltestellen sich ganz in der Nähe ihrer Wohnung befand.

Andrea Kühn lechzte geradezu nach ihrem Lover. Sie erschien auffallend verführerisch bekleidet und parfümiert, als sie Mario mit leidenschaftlichen Küssen empfing. In Liebesdingen war sie mit allen Wassern gewaschen. Da machte der rothaarigen Schönen kaum jemand etwas vor. Einschlägige Tabus waren ihr fremd, auch wenn sie erst mit fünfundzwanzig Lenzen aufwarten konnte.

Kennengelernt hatten sich die beiden Sexhungrigen fünf Wochen vorher in einer Dresdener Hotelbar mit eindeutig erotischem Flair. Während Mario sich ausnahmsweise nur ein bisschen amüsieren wollte, war Andrea zweckbewusst nach einer frischen Romanze auf der Suche gewesen. Durch listenreichen Einsatz ihrer provokanten weiblichen Reize wurde sie auch schnell fündig. Sonach befand sich unversehens ein gesuchter Stecher in den Fängen des auf eine heiße Nummer erpichten Betthäschens.

Noch in derselben Nacht stillte Andrea ausgiebig ihre Wollust mit Mario. Dabei war sie die entscheidende Akteurin, indem sie ohne Umschweife gleich begierig zur Sache ging.

Und nun, gut einen Monat später, konnte Mario zwar einigermaßen mithalten, worüber er selbst staunte, denn er hatte sich ja schon bei Sabine Blume nahezu völlig verausgabt.

Obwohl er seit Langem mit der Tatsache vertraut war, dass es bei Weitem nicht allein auf die Größe und Stärke des Penis ankommt, eine Frau geschlechtlich zu befriedigen, verursachte die Leistungsfähigkeit seines Gemächts stets aufs Neue einen gewissen Stolz in seiner Brust.

Vielleicht war seine wiederholt erwachte Manneskraft insbesondere dem Umstand geschuldet, dass Andrea Kühn ihn wirkungsvoller bezirzte als es je zuvor eine seiner vielen Gespielinnen vermocht hatte.

Sie war ja auch reichlich erfahren darin. Oft genug hielt sie sich in entsprechenden Lokalitäten auf, um nach einer geeigneten Trophäe Ausschau zu halten, und fast immer ward ihr Bemühen erfolgreich.

Ein käufliches Mädchen, eine skrupellose Dirne gar? Womöglich nur aufs Geld der Liebhaber erpicht? Nichts dergleichen!

Finanzielle Sorgen nötigten Andrea keineswegs. Sie hatte ein ordentlich vergütetes Arbeitsverhältnis als Bankkauffrau. Da sich ihre hohe Begabung mit sehr engagiertem Verhalten paarte, was ihren Vorgesetzten beizeiten aufgefallen war, befand sie sich trotz ihrer Jugend längst nicht mehr auf der untersten Stufe der Karriereleiter.

Während ihrer Mußestunden hatte sie freilich anderes im Sinn. Und nun war eben in der Clique ihrer Auserwählten ein unverkennbarer Charmeur an der Kette, genannt Mario Wolf, ein Galan, der sie augenscheinlich überaus begeisterte. Mit ihm fortan gemeinsam durchs Leben zu tigern, war für Andrea durchaus vorstellbar. Gegebenenfalls wäre er sogar die beste Wahl, quasi der ideale Partner, obwohl sie ihn doch erst seit wenigen Wochen kannte. Immerhin handelte es sich um einen tollen Mann.

Solche und ähnliche Gedanken schwirrten durch ihr Hinterstübchen, während sich beide splitternackt auf einem gemütlichen Sofa entspannten.

Andererseits befürchtete sie, dass Mario wohl gar nicht beabsichtige, jemals eine feste Bindung mit einer Frau einzugehen. Ihr war zumindest schemenhaft in Erinnerung, als hätte er das kürzlich in einem Gespräch so oder ähnlich angedeutet.

Nicht von ungefähr ward Mario von der gleichen Überlegung befallen. Für ihn stand indessen fest, sich schon bald von Andrea zu trennen.

Gewiss, sie war in mancher Hinsicht ein richtiges Klasseweib, namentlich auf sexuellem Gebiet, und darin nicht minder triebhaft als er, sozusagen eine echte Rivalin. Schon allein deshalb konnte er sich auch nicht vorstellen, dass sie einem Partner überhaupt jemals für immer treu sein könnte.

Zudem wirkte ihr gesamtes Wesen anziehend, ihre natürliche Ausstrahlung zeugte von Klugheit und starkem Charakter. Auch war sie auffallend hübsch und wirkte ungemein begehrenswert. Doch ihre gebieterische Art missfiel Mario seit Beginn an, ganz abgesehen davon, dass er bis auf Weiteres nicht die geringste Absicht hegte, mit irgendeiner Lady auf Dauer verbunden zu sein.

Indem das Liebespärchen über solcherlei Fragen gesondert sinnierte, erwachte bei Andrea zunehmend das Verlangen, sich nochmals mit Mario zu vereinen, nicht ahnend, dass es zugleich der letzte Geschlechtsakt mit ihm sein würde.

Erneut ergriff sie beherzt die Initiative, denn ihre ausgeprägte Lüsternheit duldete keinen Aufschub. Wiederum brauchte es nicht viel Zeit, bis Marios wackerer Held sich dazu fähig zeigte. Und schon waren beide für mehrere Augenblicke über alle Maßen glücklich. Danach verschwand Mario auf Nimmerwiedersehen.

Normalerweise wäre er noch für eine ungewisse Zeitspanne mit Andrea Kühn zusammengeblieben, doch ihre ausgeprägte Neigung, kaum einen Widerspruch zuzulassen, vergraulte ihn schneller als erwartet. Das vermochten weder ihr betörender Anblick noch ihre bestechende Klugheit zu verhindern, wie findig sie auch ihre weiblichen Reize ins Spiel brachte.

Darum verließ er sie noch am selben Tag in gleicher Manier, wie er auch Sabine Blume ohne Erklärung den Rücken gekehrt hatte.

Für gut gemeinte Ratschläge zeigte sich Mario Wolf stets aufgeschlossen, schroffe Befehle hingegen waren ihm schon seit früher Kindheit zuwider. Das verstärkte sich im Laufe seiner Entwicklung dermaßen, dass er gebieterisches Verhalten durch andere als ehrenrührig empfand, obwohl er in seiner Lehrerfunktion den Schülern gegenüber ständig Anweisungen erteilen musste. Da gab es allerdings nur äußerst selten erkennbaren Widerstand.

Mario wollte eben möglichst ausnahmslos nach eigenem Gutdünken entscheiden und sich von niemandem etwas vorschreiben lassen. Seine persönliche Freiheit in fast allen Belangen des Lebens war ihm wichtiger als jedwede Untertänigkeit. Niemand sollte über ihn Befehlsgewalt haben. Und wer Gehorsam verlangt, kann Liebe nicht erwarten. Andrea Kühn hatte das offenbar nicht hinreichend erkannt oder wollte es einfach nicht wahrhaben, weil es mit ihrem Naturell unvereinbar schien. Sonach verfügte ihre Liebschaft zu Mario von vornherein über keine tragfähige Grundlage, um möglicherweise aus einer kurzen Affäre eine verlässliche Partnerschaft zu formen.

Im Vergleich dazu hatte das abrupte Verschwinden Marios von Sabine Blume ganz andere Gründe. Er mochte sie aus tiefstem Herzen und schätzte ihren edlen Charakter, denn sie erwies sich durchgängig als klug, bezaubernd schön, beflissen und hingebungsvoll. Die Stunden mit ihr versetzten ihn überwiegend in Hochstimmung, was ja umgekehrt ebenso empfunden wurde. Doch allmählich war ein Dorn in die Beziehung gewachsen, namentlich wegen Marios verstockter Gemütsart.

Monatelang schien alles in bester Ordnung. Als Sabine ihn jedoch während der letzten Wochen zunehmend bedrängte, nach einer gemeinsamen Wohnung zu suchen, schlugen bei ihrem auserkorenen Liebhaber die ersten Alarmglocken. Und nachdem sie, gleichsam dem Titel eines Liedes folgend, das zweite Mal auffallend warmherzig den Satz äußerte: „Du gehörst zu mir wie der Name an meiner Tür", ergriff er endgültig die Flucht.

Nichts verabscheute er stärker, als vielleicht wie ein Leibeigener oder gar Sklave höriges Eigentum einer Person zu sein.

Freilich hatte Sabine das vollkommen anders gemeint. Doch Mario offenbarte mitunter ziemlich erstaunliche Eigenheiten, denen er unglücklicherweise viel zu häufig blindlings folgte.

Sobald eine Partnerin anfing zu klammern, war es für ihn aus. Er sah rot, strich die Segel und nahm kommentarlos Reißaus, was natürlich seine Gründe hatte, denn zweimal war er redlich darum bemüht gewesen, seine Entscheidung zu erläutern. In beiden Fällen erlitt er Schiffbruch. Die Reaktion der betroffenen Damen war hysterisch.

Andrea Kühn nahm seine unerwartete Flucht ziemlich gelassen, obwohl sie sich nicht erklären konnte, warum er jählings das Weite suchte. Vorübergehend grämte es sie zwar ein bisschen, dass ein Liebhaber so mir nichts, dir nichts von der Bildfläche verschwand, besonders, weil ihr das zum ersten Mal widerfuhr. Doch der Vorfall, wie seltsam er auch sein mochte, bewirkte keineswegs, sie womöglich aus ihrer gewohnten Lebensbahn zu werfen oder gar in endlose Wehmut zu versinken. Es gab ja noch genügend andere Männer, mit denen sie ihr zügelloses Verlangen nach sexueller Befriedigung jederzeit stillen konnte.

Sabine Blume hingegen war gänzlich danieder, vollkommen am Boden zerstört, absolut unfähig, einen klaren Gedanken zu fassen. Früher hätte sie kaum geglaubt, dass enttäuschte Liebe ihr jemals so heftig zusetzen würde.

Trotz fortwährend intensiven Grübelns vermochte sie nicht, sich plausibel begreiflich zu machen, dass ihr tief empfundenes Verhältnis zu Mario plötzlich und allenfalls für immer vorbei sein könnte. Noch mehr plagte sie die Frage, warum er sie ohne jeglichen Versuch einer Begründung so abrupt verlassen hatte.

Bald wurde sie von schlimmen Albträumen befallen, die unerbittlich an ihrer Seele nagten. Da fiel ihr ein, dass sie während eines traditionellen Indianerfestes in Radebeul, welches sie gemeinsam mit ihren Freundinnen sowie deren Partnern und Kindern besucht hatte, doch beiläufig einen „Traumfänger" erwarb.

Sabine brauchte sich nicht lange zu bemühen, um in einer Schublade ihres Schreibtisches das indianische Kultobjekt aufzuspüren. Mit brennender Neugier las sie erstmals die hinzugefügte Beschreibung, in der es hieß: „Die Prärie-Indianer glauben, dass die Luft mit sowohl guten als auch bösen Träumen erfüllt ist. Der Legende zufolge gelangen die guten Träume zu den Schlafenden durch das Loch in der Mitte des Traumfängers. Die bösen Träume verfangen sich im Netz des Traumfängers, um mit den ersten Sonnenstrahlen am Morgen auf ewig zu verschwinden. Seit jeher ist es Tradition bei den Lakota-Indianern, Traumfänger am Tipi oder im Haus und am Kopfteil von Babywiegen aufzuhängen."

Was anderen Menschen helfe, könne auch ihr guttun, sofern sie fest daran glaube, meinte Sabine unter zunehmendem Leidensdruck, weil ihr nachts immer häufiger gespenstische Wesen erschienen, die sie meist in panische Angst versetzten. Als solcherart Geplagte wurde sie jene Geister erst wieder los, nachdem sie infolge von Herzrasen sowie Atemnot schweißgebadet aufwachte. Aber das wirkte nur kurzzeitig, denn es bangte ihr verstärkt vor den kommenden Nächten.

Eine wahrhaft grauenvolle Situation! Dagegen half selbst das Antidepressivum nicht, welches sie von ihrem Hausarzt wegen „seelischer Niedergeschlagenheit" erhalten hatte und gemäß seiner Empfehlung auch regelmäßig zu sich nahm.

Sabine war dem Verzweifeln nahe und hoffte nun, mit Hilfe des Traumfängers endlich Linderung zu erfahren. Sie heftete den Weidereifen direkt über ihrem Bett an die Decke. Und tatsächlich schenkte ihr die folgende Nacht einen halbwegs erholsamen Schlaf, ohne von Albträumen geplagt zu werden.

Sie konnte es kaum fassen, dass die einfache Befolgung einer altindianischen Gepflogenheit solche Wunder vollbrachte. Doch schon während der nächsten Nächte kamen wieder die bösen Geister und raubten ihr abermals den gesunden Schlaf. Da gab es keinerlei Pardon.

Erneut grübelte Sabine über ihr verwünschtes Schicksal, denn sie vermochte sich nach wie vor nicht annähernd zu erklären, warum Mario sie ohne ein Wort der Begründung plötzlich verlassen hatte.

War die Schuld dafür vielleicht in erster Linie bei ihr selbst zu suchen?

Ihr gefiel doch buchstäblich alles an ihm. Nie zuvor empfand sie eine derart starke, innige, teils auch stürmisch beflügelnde Zuneigung für einen anderen Mann. Wie charmant er sich durchweg zeigte, aufmerksam, hilfreich und gut, eben von anregend redlicher Gesinnung!

Gern lauschte sie seinen Äußerungen, wenn er berichtete und erzählte. Er verfügte nicht nur über einen erstaunlich umfangreichen Wortschatz, sondern war auch in der Lage, sich gepflegt auszudrücken. Selbst das bewunderte sie an ihm. Deshalb war ihr manchmal zumute, als wäre er ihr sogar darin überlegen, obwohl sie doch eine gediegene Ausbildung in Sprache und Literatur hinter sich hatte und weiterhin ständig dazulernte.

Gelegentlich danach befragt, woher seine speziellen Kenntnisse und Fähigkeiten rührten, antwortete Mario ohne Umschweife: „Das habe ich insbesondere meinem Meißner Opa zu verdanken, dem Erzeuger meines Vaters. Er achtet und behandelt unsere deutsche Sprache als ein hohes Kulturgut, welches nach seiner Meinung heutzutage leider vielfach sträflich vernachlässigt wird."

Bereitwillig fügte Mario dann mit sichtlichem Stolz hinzu, dass sein Opa Paul ein bildungsbeflissener, rechter Bücherwurm wäre, denn er sei außerordentlich belesen. Seit vielen Jahrzehnten verschlinge er Schöpfungen namhafter Literaten aus aller Welt, insbesondere jedoch von unseren klassischen Dichtern. Für seinen Broterwerb brauche er zwar keine derart außergewöhnliche Bildung, weil er ununterbrochen als Indischmaler in der Meißner Porzellanmanufaktur tätig war. Dessen ungeachtet betreibe der inzwischen sehr betagte Herr das eigenwillige Hobby mehr denn je mit leidenschaftlicher Hingabe. Als wissbegieriger Enkel sei er, Mario, oft und gern mit dem Großvater zusammen und habe sich wohl auch ein wenig von dessen merkwürdiger Besessenheit in Gestalt eines bekennenden Sprachbewahrers anstecken lassen, zumindest aber reichlich davon profitiert.

Schließlich sei es sein Opa gewesen, der mehrfach auffordernd geäußert habe: „Vermeide ungebräuchliche Fremdwörter! Unsere deutsche Sprache ist so reich an Ausdrucksmöglichkeiten, dass wir es nicht nötig haben, uns mit fremden Federn zu schmücken. Im Übrigen sollte dich das wichtigtuerische Gerede selbsternannter Kritiker, die mehr denn je den Gebrauch von Eigenschaftswörtern verteufeln, nicht beeindrucken. Lass sie bellen und gehe du unverzagt deinen Weg!"

Zuweilen sei Mario echt erstaunt darüber, wie mühelos sein Opa bestimmte Themen aufgriffe, und wenn er einmal loslege, gebe es für ihn kein Halten mehr. Ihn als den wissbegierigen jungen Zuhörer störe das keineswegs. Er genieße vielmehr den Wortschwall des erfahrenen Mannes, und zwar in jeder Hinsicht.

Obwohl sich Mario für weltanschauliche Themen nicht annähernd so begeistern konnte wie für Geschlechterfragen, blieben dennoch entsprechende

Verlautbarungen des Großvaters in seinen Denkzellen haften, so beispielsweise diese:

„Jede politische Organisation befördert Engstirnigkeit und Schaumschlägerei. Ob die Betreffenden das wahrhaben wollen oder nicht, tut nichts zur Sache.

Es gibt keine größeren Feinde der Menschheit als den religiösen und ideologischen Fanatismus. Anhänger derartig verhängnisvoller Auswüchse lassen nur ihre eigene Meinung gelten. Hüte dich vor ihnen!"

Und der betagte Mann fügte vorsichtshalber hinzu:

„Mit diesem Urteil soll die unersättliche und daher ebenso schädliche Raffgier oder Vermessenheit vieler Subjekte keineswegs bagatellisiert werden."

Allerdings räume der überaus gutmütige Opa gelegentlich selbst ein, dass von seinen persönlichen Auffassungen und Praktiken bestimmt einige nicht mehr zeitgemäß wären. Und er wolle auch nicht als weltfremder Idealist wie einst Cervantes Romanheld Don Quichotte dastehen, der vergeblich gegen Windmühlen rannte. Dennoch habe auch die Macht der Gewohnheit ihren ureigenen Glanz, den man nicht bedenkenlos abschleifen dürfe. Das Neue wäre nämlich keineswegs immer besser als das Althergebrachte. Da müsse schon gründlich geprüft werden, bevor man ein Urteil fällt.

Auch über solche Äußerungen seines Großvaters hatte Mario bisweilen mit Sabine gesprochen, weil sie sich dafür sehr empfänglich zeigte. Überdies beeindruckte sie, wie anerkennend und dankbar ihr Liebhaber von seinem Opa und manchmal auch von seiner Oma redete. Dies wiederum war vor allem dadurch begründet, dass Mario sich während seiner Kindheit mehr bei den Meißner Großeltern aufgehalten hatte als im eigenen häuslichen Bereich. Seinen Eltern war das sehr entgegengekommen, weil sie im damaligen Stadium fast schon bis zur Schmerzgrenze beansprucht waren. Den alten Herrschaften bereitete es indessen großes Vergnügen, sich ihrem einzigen Enkelsohn ausgiebig widmen zu können, da sie bereits ihr Rentnerdasein genossen und reichlich Zeit für den Jungen hatten.

Während Sabine Blume mit ihren Gedanken fortlaufend umherschweifte, um nach Antworten auf peinigende Fragen zu suchen, beschlichen sie zunehmend derlei Bekundungen Marios, wiewohl ihr das angesichts ihrer zermürbenden Situation als nahezu bedeutungslos erschien.

Immer mehr war ihr zumute, als fiele sie in ein finsteres Loch von unendlicher Tiefe. Geistige Ohnmacht, ein Gefühl der Leere sowie verzehrende Traurigkeit ergriffen gnadenlos Besitz von ihr, machten sie ängstlich und schwermütig.

Aus dem Teufelskreis kam sie allein nicht mehr heraus, denn je mehr sie mit ihrem Schicksal haderte, desto stärker ward ihre Misere.

Sabine brauchte dringend Hilfe, wenigstens ein vertrauensvolles Gespräch. Das hätte sie gewiss bei ihren Freundinnen haben können. Aber sie fühlte deutlich, dass ihr die stets fürsorglichen Eltern noch mehr zugetan und deshalb für ihr Problem die geeigneteren Adressaten waren.

Schließlich griff sie zögernd zum Telefonhörer, um sich schweren Herzens bei ihnen anzumelden.

Daraufhin fasste sie den Entschluss, mit dem Zug bis Radebeul und dann per Kleinbahn nach Moritzburg zu fahren, wo ihre Eltern schon seit Jahrzehnten im eigenen Häuschen wohnten. Es befindet sich in einer wahrhaft idyllischen Umgebung, die sicher nicht nur auf Trostsuchende überaus bekömmlich wirkt.

Sabine hatte sich vorgenommen, gegebenenfalls eine Nacht bei ihren Eltern zu verbringen, sofern die Stunden davor nicht reichten, um sich gründlich auszusprechen. Anschließend wollte sie unbedingt wieder heimfahren. Doch ihr geplantes Vorhaben zerschlug sich schnell, nachdem sie von ihrer Mutter höchst besorgt empfangen wurde, denn schon beim ersten Blickkontakt konnte sich Sabine ihrer Tränen nicht mehr erwehren, einhergehend mit lautem Schluchzen.

„Immer raus damit, mein Kind! Das ist gut so. Sonst verkrampft sich die Seele.", rief die Mama ihr spontan entgegen, worauf sich beide Frauen fest und lange gegenseitig umarmten.

Es hätte wahrlich nicht ihrer speziellen Ausbildung sowie umfangreichen Berufserfahrung als Psychotherapeutin bedurft, um auf Anhieb zu erkennen, was mit der geliebten Tochter los war, welches Häufchen Elend ihr gegenüberstand. Keiner Mutter entgeht, wenn ihr Kind leidet.

Sie erbat sich drei Wochen Sonderurlaub, um fortan ausschließlich für ihre kranke Tochter da zu sein.
Weil sie mit solchen und ähnlichen Ereignissen bestens vertraut war, konnte sie auch der sichtbar Leidenden hilfreich zur Seite stehen. Sie wusste, dass eine herbe Enttäuschung nicht minder schwer zu bewältigen ist als der schmerzhafte Verlust eines lieben Menschen oder die Notlage infolge einer schlimmen Krankheit.
Ebenso hatte sie verinnerlicht, wie derlei Probleme zeitlich ablaufen und zu bewältigen sind, nämlich fast immer in gleicher Weise. Dieser Prozess lässt sich meist in vier Abschnitte einteilen:
— Unmittelbar nach der einschneidenden Begebenheit will es der Betroffene oftmals gar nicht wahrhaben, dass zum Beispiel der Abschied endgültig ist. Er wirkt wie betäubt oder versteinert und verspürt vorerst kaum psychische Drangsale. Das kann Stunden, Tage und nicht selten auch wesentlich länger dauern.
— In der zweiten Phase brechen wiederholt regelrecht chaotische Gemütswallungen auf und beherrschen im hohen Maße den Trauernden. Emo-

tionen äußern sich in mannigfacher Hinsicht, wie etwa durch deutlich spürbare Angst und Schuldgefühle oder Unruhe und Schlaflosigkeit. Sie werden häufig auf einmal und ebenso kunterbunt erlebt. Nichts erscheint mehr geordnet. Ein wirres Durcheinander gewinnt Oberhand und überwiegt für eine gewisse Weile.

— Danach folgt die eigentliche Aufarbeitung des Geschehens, indem über verschiedene Erinnerungen allmählich das Substanzielle – Gutes und Schlechtes – der verlorenen Beziehung klar hervortritt.

— Schließlich wird der leidvolle Verlust akzeptiert, und man versöhnt sich wieder mit dem Schicksal, wodurch sich vielfach neue Wege öffnen.

In Einzelfällen gibt es natürlich Abweichungen, die mitunter erheblich sein können, vor allem, wenn Betroffene einen echten Trauerprozess gar nicht erst zulassen, ihn quasi bewusst unterdrücken oder einfach nicht in der Lage sind, sich selbst zu helfen.

Sofern in einer derart heiklen Situation auch von außen kein seelischer Beistand kommt, kann es im künftigen Leben der Geplagten äußerst problematisch werden. Ihre Kümmernisse erscheinen auf unbestimmte Zeit gewissermaßen wie eingefroren. Aber sie können irgendwann in Form übermächtiger Schuldgefühle oder als bittere Enttäuschung und ohnmächtige Wut, vereinzelt auch als unwägbare Rachegelüste, jählings aufbrechen.

In Sabines Fall vollbrachte es die kenntnisreiche Psychotherapeutin in vergleichsweise kurzer Zeit, ihre Tochter wieder einigermaßen fest auf die Beine zu stellen. Deren Leben erhielt von Neuem einen Sinn, nachdem allmählich die dunklen Schatten von der geplagten Seele wichen und eine frische Zuversicht abermals ihr Gemüt erstrahlen ließ.

Eines verhalf ihr jedoch nicht zur Ruhe, nämlich die bange Frage, ob sie nicht trotz allem sich darum bemühen sollte, mit Mario in Kontakt zu treten. Niemals zuvor hatte sie eine Partnerschaft so wohltuend empfunden wie mit ihm. Da stimmte doch buchstäblich alles, vornweg viele gemeinsame Interessen, dazu gegenseitiges Verständnis und nicht zuletzt auch die sexuelle Harmonie. Welch eine fantastische Zeit!

„Sind das nicht ideale Grundlagen für tragfähige Bündnisse in Liebe und Geborgenheit?", wollte sie von ihrer Mutter wissen.

Deren merkwürdige Antwort wirkte auf Sabine allerdings ziemlich schockierend, indem sie deutlich vernehmen musste:

„Ich würde mich garantiert unter keinen Umständen selbst darum befleißigen, mit ihm wieder in Verbindung zu treten, denn einem wankelmütigen Geist rennt man nicht hinterher."

Sabine befolgte den Rat ihrer Mutter. Doch je spürbarer ihre seelischen Wunden heilten, desto mehr hoffte sie, dass Mario sich eines Tages wieder bei ihr melden würde. Sie konnte sich einfach nicht vorstellen, mit einem anderen Mann jemals wieder so glücklich zu sein, wie sie es mit ihm gewesen war.

Bald schon hegte Mario den gleichen Wunsch. Aber das blieb ihr für immer verborgen.

Unterdessen grübelte Herr Chamäleon fortgesetzt an seinem satanischen Plan. Bereits seit Längerem war er damit beschäftigt, jedes Detail seines makabren Vorhabens gewissenhaft zu erarbeiten. Gleichermaßen aufmerksam überprüfte und änderte er mehrfach die einschlägigen Absichten und Notizen.

Zufrieden war er mit dem Ergebnis seiner Bemühungen vorerst trotzdem nicht. Folglich blieb er weiterhin überaus emsig am Ball.

Sein Eifer könnte uns glattweg das Fürchten lehren!

IV

Gleichsam, als ob ein schlauer Fuchs im Walde auf frische Beute lauert und zugleich über das Leben nachdenkt, sinnierte Mario Wolf über sein Schicksal und warum es mit den Frauen nicht so recht klappen wollte. Dabei hatte ihm doch sein Meißner Opa schon vor zwanzig Jahren nahegelegt, mit der Liebe nicht zu spielen. Es wäre ein viel zu kostbares Gut, als dass man es leichtfertig irgendwelchen Launen opfern dürfe. Wer sich einmal durch Amors oder Fortunas Wohlwollen belohnt fühle, solle sein Glück hüten und pflegen wie den eigenen Augapfel, denn es gäbe nichts Höheres als die leidenschaftliche Zuneigung zweier Erdenkinder. „Selbst wenn man nur von einem Menschen geliebt wird, lohnt es sich zu leben", wiederholte der erfahrene Großvater oftmals gegenüber seinem stets willkommenen Enkelsohn.

Mario erinnerte sich noch als gestandener Mann nahezu wortgenau an eine Geschichte, die sein Opa mehrmals zum Besten gab, womöglich durch das redliche Bemühen getrieben, seinen Enkel bereits im Pubertätsalter auf mögliche Konflikte in einer Partnerschaft und den Umgang mit ihnen vorzubereiten, um die innere Verbundenheit nicht zu gefährden.

Es hatte den gütigen Senior stets zutiefst berührt, sobald er das Thema aufgriff und wie folgt anhob:

„Dies ist eine wahre Begebenheit, wie ich sie hautnah miterlebte. Es handelt sich um das tragische Schicksal eines Ehepaares, mit dem ich über viele Jahre hinweg eng befreundet war. Keine andere Entzweiung habe ich jemals so schmerzhaft verinnerlicht wie die meiner ehemals wunderbaren Freunde. Deren Geschichte halte ich für ausnehmend lehrreich. Das absonderliche und daher sicherlich befremdende Geschehen wird dir verdeutlichen, woran Liebe sterben kann.

Ich habe dieses Ereignis bereits mehrfach verkündet, einmal sogar veröffentlicht, und es fand stets ungeteilte Aufmerksamkeit.

Mir scheint, es ist an der Zeit, dich zum gründlichen Nachdenken über angeblich dauerhaft glückliche Partnerschaften anzuregen. Da liegt nämlich bei genauerem Hinsehen vieles im Argen, denn in Wirklichkeit ist selten Gold, was nach außen vortäuschend glänzt. Also spitze die Ohren, mein Junge! Ich werde bewusst weit ausholen, dabei auch auf Details achten, damit dir nichts Wesentliches entgeht. Schließlich entwickeln sich nach meiner Erfahrung Bündnisse zwischen Mann und Frau meist so oder ähnlich, wie ich sie gleich am konkreten Beispiel verdeutlichen werde. Demnach sollten wir das Erlebnis nicht minder als stellvertretend für unzählige andere werten. Los geht's!"

Der aufgeweckte Senior erfasste sodann genüsslich sein Weinglas, prostete dem Enkelsohn auffordernd zu, worauf auch dieser zum Becher griff und erwartungsvoll einen Schluck vom Apfelsaft trank.

Endlich begann Marios Großvater mit der Erzählung, die er seinem Nachkommen besonders gefühlvoll vortrug, indem er ausdrucksstark und teils ungewohnt heftig zum Gesagten gestikulierte.

„Als sich einst die blondierte Schöne mit fünfundzwanzig Lenzen allmählich dessen bewusstwurde, dass Ehe und Familie auch für sie ein durchaus erstrebenswertes Ziel wären, wo sie doch bis dahin so ausgiebig dem Singledasein gefrönt hatte, beschloss sie zur allgemeinen Überraschung im Freundes- und Verwandtenkreis, fortan konsequent nach einer geeigneten Person des anderen Geschlechts Ausschau zu halten. Dabei hatte sie bereits nahezu reife Vorstellungen vom potenziellen Gefährten ihrer Träume, mit dem sie ihr plötzliches Verlangen nach Zweisamkeit ohne Unterlass inbrünstig würde stillen können, und das möglichst in unauslöschlicher, stets wohliger Eintracht bis zum Ende ihrer Tage.

Er sollte natürlich gut aussehen, einigermaßen gebildet sein, dazu vielleicht schon etwas begütert und fraglos zuallererst sie als ‚Klasseweib‘ unentwegt leidenschaftlich begehren. Obendrein legte das hübsche Fräulein besonderen Wert darauf, dass der Erkorene unbedingt ein paar Jahre älter sein müsste, damit es jederzeit mit gewissem Stolz auf den großen Erfahrungsschatz seines Prinzen verweisen dürfe und ihn zugleich als frischen, unverlöschlichen Born neuen Wissens nutzen könne, also sicherlich noch mancherlei von ihm lernen werde. Es ward also von da an ein gestandener Herr etwas älteren Kalibers mit auserwählten Eigenschaften intensiv gesucht und erstaunlicherweise auch recht schnell gefunden.

Kurz darauf folgte die Zeit der ungemein entzückenden Schmetterlinge im Bauch, lauter Liebreiz und wonnetrunkene Hingabe mit deutlich vernehmbarem Knistern der Gefühle, quasi Erotik in Hochform.

Der Honigmond war aufgegangen. Außerdem stellte sich bald der erwünschte Nachwuchs ein, und das Glück schien perfekt, denn beide glaubten sich wie im siebenten Himmel.

Doch ihre Sternstunden waren gezählt. Sie währten nur wenige Jahre und verblassten allmählich, wichen ersatzlos dem schnöden Alltag.

Nun hielten unsere ehemaligen Turteltauben zuweilen recht schmerzhaft Rückschau. Dabei kramte jeder auf seine Art in Erinnerungen, welche ihnen einstmals den reinsten Garten Eden versprochen hatten. Dort wollten sie unentwegt ihr berauschendes Verlangen gegenseitig erfüllen und die kaum zu beschreibende Harmonie ihres Zusammenseins sorgsam behüten, bis der Tod sie scheide.

Solch wehmütige Gedanken befielen jedoch die inzwischen bitter enttäuschte Gemahlin wesentlich öfter als ihren Angetrauten, weil sie offenbar stärker darunter litt, dass ihr nicht vergönnt war, Amors Lächeln auf Dauer zu genießen, sich die Erfüllung ihrer jugendlichen Sehnsüchte auch bei ihr in Grenzen hielt und demzufolge ihr überbordendes Schicksal als Sonntagskind fast jählings ein betrübliches Ende gefunden hatte. Allein die vage Kenntnis, dass es unzähligen Paaren auch so oder ähnlich erging, konnte bestimmt keinen von beiden trösten, nicht den Mann und noch weniger die Frau."

Hier unterbrach der Erzähler seinen Redefluss. Offensichtlich war er vom Inhalt des einstigen Geschehens immer noch stark berührt, denn Mario vernahm mit gewisser Sorge, wie Opas Augen feucht wurden. Doch der betagte Herr ergriff abermals sein Weinglas, leerte es in einem Zug bis zur Neige, atmete dreimal tief durch und widmete sich erneut der Geschichte, indem er dem Enkel streng ins Antlitz schaute und gezielt fragte: „Ist das nicht immer wieder furchtbar traurig?"

Ohne dessen Reaktion abzuwarten, sprach er sofort weiter und stellte noch zwei Fragen, um die Spannung aufrechtzuerhalten: „Wie aber kam es in diesem Falle dazu? Welches sind die entscheidenden Ursachen des erwähnten Dramas?

Nach meiner Beobachtung, die selbstredend subjektiv ist, im Folgenden: Der ursprünglich erhoffte und anfangs auch tatsächlich vorhandene Wissensvorsprung des vermeintlichen Göttergatten unserer einst so glücklichen Lady war in relativ kurzer Zeit wie Schnee in der Sonne auf ein Minimum zusammengeschmolzen, obwohl er um knapp zehn Jahre älter war und bereits eine kaputte Ehe hinter sich hatte. Doch seine schönere Hälfte erwies sich nicht nur als sehr eifrig, sondern auch als recht karriere- und machtsüchtig, gespickt mit einer reichlichen Portion narzisstischen Verhaltens. Und schon als sie erkennen musste, dass seine finanzielle Ausstattung sowie die üblichen Mitbringsel unter ihren Erwartungen lagen und äußerst bescheiden ausfielen, erschienen allmählich die ersten dunklen Wolken am fernen Horizont, zumal er sich auch nicht unbedingt fähig oder wenigstens bereit zeigte, durch ansehnlichen Arbeitsfleiß ihren Wünschen halbwegs erträglich nachzukommen.

Das änderte sich auch nie, denn er gehörte nun einmal nicht zu den Strebsamsten, verfügte nicht annähernd über den Ehrgeiz seiner bezaubernden Angebeteten. Andererseits erfüllte er sowohl die beruflichen wie auch häuslichen Pflichten fast zufriedenstellend, benötigte dafür allerdings mehrfach entsprechende Weisungen vonseiten der Vorgesetzten und namentlich seiner überaus geschäftigen Eheliebsten.

Allein nach seinen Worten zu urteilen, die oftmals überschwänglich sprudelten und ihn genau deshalb in gewissen Kreisen durchaus beliebt machten, veränderte er ständig die Welt und seine nähere Umgebung sowieso, natürlich fortwährend hin zum Guten. Nur mit den konkreten Taten hatte er nicht viel im Sinn. Da haperte es arg. Die überließ er gerne anderen, auch und vor allem seiner Gattin. Ein gesundes Durchhaltevermögen gehörte auch nicht unbedingt zu seinen Stärken. Er begann manches, hingegen selten schloss er etwas erfolgreich ab. Wer sich indessen willens zeigte, den legeren Sonnyboy so zu nehmen, wie er war, hatte es mit einem überwiegend angenehmen Typen zu tun.

Aber seine lebenshungrige Weggefährtin konnte und wollte sich unter keinen Umständen damit abfinden, dass ihr Strahlemann keinerlei Eigeninitiative zur spürbaren Verbesserung ihrer materiellen Lage erkennen ließ. Und so machte sie sich nach geraumer Zeit optimistisch ans Werk, ihn peu à peu zu verändern, seinen Charakter neu zu gestalten, ähnlich wie einst laut Goethe der griechische Titan Prometheus die Menschen nach seinem Bilde formen wollte.

Unsere selbstbewusste, weil von Kindesbeinen an kampferprobte Amazone begann also äußerst entschlossen und ebenso zielsicher mit dem strapaziösen Umerziehungsprozess, fest davon überzeugt, der bis dato auffallend eigenwillige Charmeur könne hinsichtlich seines Naturells noch beliebig gestaltet werden, und so werde sie eines schönen Tages abermals einen triumphalen Erfolg einfahren. Schließlich ist eine Liebe der anderen wert, und auf diese Weise ließen sich zuweilen sogar Berge versetzen.

Und siehe da, die willensstarke Akteurin schaffte es tatsächlich innerhalb weniger Jahre, ihren vertrauten Luftikus grundlegend umzukrempeln, indem sie ihn beharrlich knetete, sein Verhalten unablässig kritisierte respektive fortwährend an ihm herumnörgelte, soll bedeuten, ihn solange intensiv zurechtbog, bis sie ihm endgültig das Rückgrat gebrochen hatte.

Da sie ihm obendrein immer mehr wichtige Entscheidungen abnahm, ward er nach und nach buchstäblich entmündigt. Doch all das geschah gewiss nicht in böser Absicht.

Jedenfalls besaß sie fortan einen braven Partner, lieb und gehorsam wie ein besonders sorgfältig abgerichteter Rüde. Aber er war ja Zweibeiner, ergo ein moderner Haussklave mit total zermürbter Seele und daher ohne die geringste Neigung oder Chance zum Widerspruch, denn sie hatte ihn längst vollkommen unter dem Pantoffel, erst recht, nachdem er arbeitslos geworden war, sie indessen weiter in Lohn und Brot stand. Ihm blieb jegliche freie Entscheidung absolut verwehrt. Es wurde ihm buchstäblich alles vorgeschrieben. Nicht einmal ein Paar Socken durfte er sich mehr allein kaufen, geschweige denn etwa selbst Auto fahren, sobald sie gemeinsam damit unterwegs waren, oder vielleicht noch größere Aktivitäten eigenständig unternehmen.

Ob sie seither glücklicher ist, bezweifle ich ernsthaft, zumal sich sogar eine gewisse Ironie des Schicksals offenbart, denn sie arbeitet freiberuflich in Dresden als Hochzeitsberaterin, und insofern ist sie unter anderem darum bemüht, entsprechende Feierlichkeiten für Heiratswillige möglichst perfekt zu organisieren. Also dient sie vornehmlich jungen Leuten, die sich gegenseitig mögen, sich innig verbunden fühlen, weil sie einander wirklich lieben und demzufolge auch sehr optimistisch in die Zukunft blicken. Doch es ist ein Broterwerb wie viele andere auch, ein Job eben, den man irgendwie bewältigt. Pfarrer werden sicherlich auch nicht alles glauben, was sie im Brustton scheinbar tiefster Überzeugung verkünden und Politiker wohl noch viel seltener.

Was hingegen ihn betrifft, so gestehe ich unumwunden, dass der arme Kerl mir leidtut, zumal er sich inzwischen seinem mehr als fragwürdigen Schicksal völlig hilflos ausgeliefert hat. Sicher, dazu gehören wenigstens zwei Personen, die sich wechselseitig so etwas zumuten, wäre hier einzuwenden. Doch ich gebe zu bedenken, es ist bei Weitem keine Einzelerscheinung, natürlich auch im umgekehrten Sinne, dass Männer ihre Frauen drangsalieren oder zumindest bevormunden."

Ein kurzes Luftholen, dann die entscheidende Frage des Erzählers: „Welche Lehren lassen sich aus diesem leidvollen Fall ableiten?"

Und sogleich seine Antwort: „Nach meiner Erfahrung ist jedwede Partnerschaft unweigerlich und ebenso fortlaufend mit bestimmten Kompromissen in Einklang zu bringen. Anders wird es überhaupt keine harmonischen Bündnisse geben, geschweige denn glückliche Familien. Niemand kann alles haben. Man muss auch verzichten können. Sonst ist man sein Lebtag nicht zufrieden.

Entscheidend dürfte sein, gegenseitige Liebe und Achtung vorausgesetzt, dass jedem noch Freiräume bleiben, um sich im möglichst hohen Maße auch nach eigenen Wünschen zu entfalten. Das ist heute wichtiger denn je. Also braucht auch unsere Intimsphäre stets eine gesunde Portion Toleranz."

Damit schloss der Senior abrupt die umfangreichen Ausführungen, worauf er entschieden auf seinen Enkel starrte, um dessen Reaktion zu prüfen.

Nach einer kurzen Verschnaufpause fragte Mario ergriffen und zugleich besorgt: „Das hast du alles hautnah miterlebt, Opa Paul, als Freund des einst so glücklichen Paares? Und dabei einfach zugesehen, wie dessen Verbundenheit allmählich zerbrach und letztlich in einer so fürchterlichen Beziehungskrise endete? Kaum zu glauben!"

„Ich habe dir die volle Wahrheit gesagt, mein Lieber, nichts anderes kam mir in den Sinn. Vielleicht hätte ich mich intensiver um die verfahrene Situation kümmern sollen. Da legst du den Finger auf einen wunden Punkt. Ob es mir sonach gelungen wäre, das Zerwürfnis gegebenenfalls zu verhindern, kann ich nicht mit Gewissheit beurteilen.

Indessen habe ich schon längst die Überzeugung gewonnen, dass es hierzulande bei vielen Partnerschaften, speziell in ehelichen Bindungen, nach einer gewissen Zeit so oder ähnlich zugeht, wie ich es dir durch meine Erlebnisse gerade kundtat. Vorzugsweise in der privaten Sphäre, also im häuslichen Bereich, herrschen oft die Frauen, überwiegend Mütter. Nicht wenige lechzen regelrecht danach, das Kommando zu übernehmen und lassen nichts unversucht, bis sie das alleinige Sagen haben. Das führt notgedrungen zu heftigen Konflikten und häufig zu tragischen Zerwürfnissen, wie ich es vorhin mit meiner Geschichte verdeutlichen wollte.

Möglicherweise liegt es auch daran, dass sich Männer zuerst auf solchen Gebieten oftmals besonders schwertun und einschlägige Pflichten gerne meiden. All das ist geschichtlich verursacht. Doch man verspürt gottlob auf beiden Seiten eine positive Wandlung, langsam zwar, aber fortwährend.

Beobachte das Leben, und du wirst hinreichend belehrt sein! Allein darum geht es mir, um zu verhindern, dass du irgendwann arglos in eine partnerschaftliche Falle tappst. Andererseits weiß natürlich auch ich zur Genüge, dass Liebe ein regelrecht göttliches Geschenk ist und es nichts Schöneres gibt, als sie persönlich zu erfahren. Genau das wünsche ich dir aus tiefstem Herzen, mein Junge!"

Sodann folgte eine zweite Lektion in kürzerer Fassung, welche Mario ebenso begierig aufnahm wie die vorangegangene, denn auch sie erschien ihm überaus lehrreich.

Sein Opa ergriff das Wort und sprach: „Im Grunde genommen hat jeder Mensch einen zwielichtigen Charakter, denn keiner sagt immer, was er denkt, nicht einmal der Papst. Glaube mir, mein lieber Mario, genauso ist es! Das lehrt mich meine umfangreiche Lebenserfahrung, auf die ich in meinem Alter durchaus mit gewissem Stolz verweisen darf. Also sei stets auf der Hut, damit dich möglichst niemand hinters Licht führt!

Manchmal wird es dennoch vorkommen, dass du bestimmten Äußerungen auf den Leim gehst, weil man niemals gegen alle Versuchungen und Irrtümer gefeit ist, mag einer noch so alt und besonnen sein. Auch das weiß ich aus eigenem Erleben.

Freilich denkt man hin und wieder als betagter Mensch, man wisse doch nun endlich genau, was geht und was nicht, um keine Fehlentscheidungen zu treffen, sich vor Misserfolgen zu bewahren. Aber das stimmt nicht, kein Erdenbürger ist in der Lage, ausnahmslos ohne Fehl und Tadel zu denken oder zu handeln. Dies gilt in jeder Beziehung, auch und besonders in der Liebe. Sonach ist man gut beraten, das eigene Missgeschick beherzt einzugestehen und die nötigen Korrekturen vorzunehmen.

Erwarte niemals von anderen, dass sie vollkommen sind, weil du es selbst zu keiner Zeit sein wirst! Und ich sage dir, wir angeblichen Kronen der Schöpfung können bis zu unserem letzten Atemzug dazulernen, sofern wir es denn wollen und der Geist noch einigermaßen mitspielt. Das wiederum ist neben vielen anderen Freuden das Gute und Schöne an unserem ohnehin flüchtigen irdischen Aufenthalt."

V

Einer abgebrochenen Beziehung nachzutrauern und etwa wochen- oder gar monatelang Trübsal zu blasen, war nicht Marios Sache, erst recht nicht, wenn er das Liebesverhältnis selbst beendet hatte. Kein Wunder also, dass er lediglich acht Tage brauchte, um sich in ein neues Abenteuer zu stürzen.

Diesmal erwischte er eine freischaffende Künstlerin im Alter von achtundzwanzig Jahren, die sich nahezu tollkühn schon beim zweiten Empfang an ihrer Wohnungstür unglaublich verführerisch im Evakostüm darbot. Was für ein Teufelsweib, die wilde Yvonne!

Bereits während des nächsten intimen Techtelmechtels mit Mario kündete sie prahlend von einem famosen Geschlechtsakt, den sie und ihr damaliger Lover am helllichten Tage auf einer Parkbank im Beisein mehrerer Gaffer genüsslich vollführt hätten.

Zudem zeigte sie auch keinerlei Scham, Mario ihre sieben unterschiedlichen Vibratoren ausgiebig zu präsentieren, quasi für eine ganze Woche lang jeden Tag einen anderen, falls gerade mal kein Beischläfer aufzutreiben sei, der sie befriedige. All das benötige sie, um als Schauspielerin authentisch zu wirken. Das Publikum erwarte zuweilen derlei überzeugende Aufführungen, war ihre eigentümliche Erklärung. An einer festen Beziehung hätte sie kein Interesse. Sie wolle nur ihren Spaß haben.

Eigens deshalb fühlte sich Mario vorübergehend zu ihr hingezogen. Welch entsetzliche Überraschungen im weiteren Verlauf ihres intimen Zusammenseins noch folgen sollten, konnte er nicht einmal in seinen schaurigsten Träumen erahnen.

Vertrauensselig überließ Mario sein näheres Schicksal der lüsternen Bühnenakteurin Yvonne Zander, dem jüngst auserkorenen Liebchen.

Ihr Name war Programm. Zwar warf sie ihre Netze gleich dem Raubfisch nur ins Süßwasser, doch wer einmal in ihre Fänge geriet, konnte sein blaues Wunder erleben. Davon blieb selbst Mario Wolf nicht verschont, wie erfahren er hinsichtlich amouröser Abenteuer auch sein mochte.

Insgeheim rechnete er jedoch beizeiten damit, dass die Affäre nicht von langer Dauer sein würde, obgleich sie eine bildschöne und auffallend kluge Frau war. Ihre wohlgeformten Körperpartien beeindruckten Mario ebenso wie bestimmte Details, darunter die naturbelassenen Schamhaare. Das empfand er viel reizvoller als irgendwelche Verzierungen oder gar kahlgeschorene Venushügel. Doch es waren letztlich nur Äußerlichkeiten!

Kennengelernt hatten sich die beiden in einem Dresdener Theatercafé. Im selben Haus besuchte Mario eine Aufführung, an der Yvonne als Schauspielerin in einer Nebenrolle herzerfrischend beteiligt war, was sich in der Stadt wie im Lauffeuer herumgesprochen hatte und auch ihm bald zu Ohren gelangte.

Für Mario war es sowieso keine Seltenheit, dass er allein zu bestimmten Kulturveranstaltungen ging. Überhaupt gab er für solcherlei Geistes- und Seelennahrung einen beträchtlichen Teil seines Einkommens aus. Hingegen erwies er sich in materieller Hinsicht generell als sehr bescheiden. Seine Miniwohnung blieb nur mit dem unbedingt Notwendigen ausgestattet. Das reichte ihm zum häuslichen Wohlbefinden.

Einen Führerschein besaß er zwar, aber kein eigenes Auto. Das wäre in einer Stadt mit so hervorragenden Verkehrsverbindungen wie in Dresden auch gar nicht erforderlich, sofern man hier wohne und arbeite, war Marios Begründung. Zudem könne man sich doch jederzeit ein erwünschtes Gefährt ausleihen, was er gelegentlich auch tat, für bestimmte Ausflüge oder Besorgungen und nicht zuletzt, um wegen der Fahrsicherheit in Übung zu bleiben.
Einen Drahtesel besaß Mario natürlich, und er radelte fast immer zur Arbeitsstelle, die sich rund vier Kilometer von seiner Wohnung entfernt befand. Auf seinem Stahlross so oft wie möglich zu reiten, gehörte zu seinen Leidenschaften; es diene der Kondition, stärke Herz und Kreislauf, vermochte er wiederholt zu schwärmen. Nur bei starkem Schneefall, gefährli-

cher Eisglätte oder sonstigen Erschwernissen benutzte er öffentliche Verkehrsmittel.

Wenn Mario es sich zeitlich erlauben konnte, fuhr er besonders gern mit seinem Fahrrad durch die Landschaft. Dabei ließ er den Zauber der Natur auf sich wirken, denn er empfand stets große Freude beim Anblick von Wald und Flur, genoss die Weite der Felder ebenso wie den Geruch von Erde und nicht zuletzt das herrliche Konzert der Vögel sowie das blaue oder mitunter eben auch bewölkte Firmament.

Einmal war es zur gemeinsamen Ausfahrt ins Grüne mit Sabine Blume gekommen. Beide waren überglücklich gewesen, und sie hatten ihre glühende Zuneigung mit einem denkwürdigen Liebesakt unter rauschenden Bäumen gekrönt. –

Mario Wolf lebte in materieller Hinsicht überwiegend nach dem Grundsatz: Je weniger einer braucht, desto näher ist er den Göttern, denn sie benötigen gar nichts, um zufrieden zu sein.

Dagegen hatte er für Urlaubsreisen viel übrig, weil ihn andere Länder und Völker sowie deren Sitten und Bräuche stets begeisterten. Und er zehrte oftmals lange von seinen mannigfachen Erlebnissen, an denen er auch seine Mitmenschen bereitwillig teilhaben ließ, falls sie sich dafür erwärmten.

Aufdringlich war er bei einschlägigen Gesprächen niemals, eher übte er sich im Schweigen und lauschte gespannt den Reden anderer, zumal Wissbegierde unlöslich zu seinem Naturell gehörte.

Yvonne Zander und Mario trafen sich jedenfalls nach der besagten Vorstellung scheinbar zufällig im Bistro, wo sie beiderseitig ebenso freudestrahlend wie erwartungsvoll an einem Zweiertisch Platz nahmen. Und schon begann die Künstlerin mit einem Wortschwall, der ihren Vis-à-vis ein wenig überraschte, da er annahm, sie hätte sich während ihres mehrfachen Einsatzes auf der Bühne einigermaßen verausgabt. Doch nichts dergleichen!

So erfuhr er nebenbei, dass sie keine feste Anstellung im Ensemble habe und auch gar nicht daran interessiert sei. Das würde nur ihre persönliche Freiheit einschränken, die sie jedoch wie ein kostbares Heiligtum streng behüte. Ohnehin hätte sie keine Geldsorgen. In dieser Beziehung sei sie jederzeit üppig ausgestattet. Die Quelle dafür erfuhr Mario nicht. Doch er legte auch keinen besonderen Wert darauf. Ihm war viel wichtiger, mit dieser überaus begehrenswerten Lady möglichst umgehend intim zu werden.

Sie war bezaubernd schön. Ihre wohlgeformten, zartrosa getönten Lippen sowie ihr Mund mit tadellosen, hell leuchtenden Zähnen dürsteten geradezu nach heißen Küssen und wirkten zugleich ausgesprochen reizvoll. Nicht minder verlockend erwiesen sich ihre dunkelblauen Augen im leicht gebräunten, mehr oval als rundlich geformten Gesicht mit auffallend gleichmäßigen Konturen.

Dazu passten auch die weitgehend echten, dezent bogenförmig verlaufenden Augenbrauen sowie ihre schwarze, kurz geschnittene Haarpracht.

Wohlgefällig ergänzt wurde das Bild durch edlen Ohrschmuck in Form von Creolen und einer passenden Halskette. Ihre linke Hand zierte ein kostbarer Brillantring. Auch ihre Kleidung zeugte von tadellosem Stilempfinden. Nichts erschien aufgetakelt.

Yvonne sprach ein unverkennbar geschultes Hochdeutsch, obwohl sie erhobenen Hauptes betonte, das Licht der Welt in Sachsen erblickt zu haben. Und sie lächelte in einem fort sehr verführerisch.

Anscheinend erwies sich die wundersame Dame für einen zügigen Beischlaf noch empfänglicher als Mario, da sie unverhohlen zum Thema kam.

Genau darauf war er erpicht, brauchte sie also nicht weiter zu umgarnen. Auch befand er sich dank seiner strammen Männlichkeit nahezu jederzeit für eine neue Liebschaft bestens gewappnet, und Kondome trug er sowieso immer bei sich. Auch dies hatte ihm sein Opa Paul fest eingebläut. Da Mario Geschlechtskrankheiten fürchtete wie der Teufel das Weihwasser, hielt er sich fortwährend streng an jene gutgemeinte Empfehlung seines Großvaters. Erst wenn er sich vollkommen sicher wähnte, von seiner jeweilig Erwählten solcherart nicht gefährdet zu sein, verzichtete er auf den Gebrauch, falls sie das wünschte.

Überhaupt keine Angst hatte er hingegen vor einer eventuell unverhofften Schwangerschaft bei seinen Partnerinnen, die sich nach eigenen Bekundungen bisher ausnahmslos auf ihre Weise schützten, glaubte er zumindest. Mario hätte allzu gern eigenen Nachwuchs gehabt. Das Lachen, Weinen und Schreien von Kindern hielt er für die beste Zukunftsmusik. Zudem war er felsenfest davon überzeugt, dass er sich im Falle einer Vaterschaft niemals feige oder eigennützig aus der Verantwortung gestohlen hätte.

Die augenfällig frisch ineinander verliebten Gesprächspartner brauchten jedenfalls nicht mehr lange, um sich tunlichst rasch aus dem Theatercafé in Yvonnes Behausung zu begeben, wo sich beide nach etwa zwanzig Minuten schon spürbar lüstern einfanden. Dessen ungeachtet führte sie Mario zunächst mit deutlichem Stolz durch ihre auserlesene Bleibe.
Die hell erleuchtete Wohnfläche von rund 120 Quadratmetern nahm ihr Gast etwas verblüfft zur Kenntnis: Und das für nur eine Person! Auch war Yvonnes Heim überaus geschmackvoll und kostspielig eingerichtet. Lauter Gegenstände von edler – und gewiss auch sehr teurer – Aufmachung. Doch Neid kam bei Mario nicht auf. Eher befiel ihn ob des übertriebenen Prunks, wie er den augenfälligen Luxus auf Anhieb empfand, ein leichtes Befremden, ohne es auszusprechen. Missgunst gehörte zeitlebens nicht zu seiner Wesensart.

Ein Raum blieb übrigens während des Rundgangs verschlossen. Das sei ihre Schatzkammer und zunächst für jeden Besucher tabu, meinte die Besitzerin der Eigentumswohnung im noblen Viertel „Weißer Hirsch" höchst geheimnistuerisch. Aber Mario hakte gar nicht erst nach, um gegebenenfalls postwendend Näheres zu erfahren.

Indessen bedrängte ihn viel stärker ein anderes Verlangen, als womöglich das ausgiebige Besichtigen eines pompösen Aufenthaltes. So folgte flugs eine außerordentlich heiße Nacht für die beiden Liebestollen, denn sie kühlten zusammen gleich mehrfach ihr überschäumendes Gemüt.

Dies erste Mal war Mario vollkommen am Ende seiner Kräfte gewesen, so sehr hatte sie ihn ausgesaugt. Am frühen Morgen schlich er total erschöpft nach Hause, wo er drei Tage brauchte, um sich einigermaßen zu erholen. Dabei kam ihm zugute, dass gerade Schulferien waren.

Er sinnierte anschließend stundenlang über seine ziemlich waghalsigen Erlebnisse mit Yvonne Zander, freilich nicht ahnend, dass es noch viel dramatischer kommen und ihm womöglich ein wahres Martyrium bevorstehen könnte. Ausgerechnet er musste in die Fänge eines solch sexhungrigen Weibes geraten! Doch zunächst war seine Neugier geweckt, ob und wie es mit diesem Luder weitergehen würde.

Mario sah sich außerstande, Yvonne charakterlich halbwegs korrekt einzuschätzen, ihre Wesenheit zu ergründen. Dabei verfügte er doch über eine beachtliche Menschenkenntnis, deren theoretische Grundlagen er sich vor allem während der Ausbildung zum Lehrer erworben hatte und später im Beruf auch erfolgreich umsetzte. Als Studiosus hielt er es für selbstverständlich, Vorlesungen und Seminare in Psychologie zu besuchen. Das brauchte er wahrhaftig, um die ihm anvertrauten Gymnasiasten möglichst jederzeit richtig beurteilen zu können, was er auch fast immer bestens draufhatte.

Doch bei Yvonne glaubte er sich fast am Ende seines Lateins. Na ja, sie war eben Schauspielerin! Damit sollte er sich anscheinend abfinden. Aber das entsprach nicht Marios Natur. Umso stärker entfachte sich sein Trieb nachzuspüren, wes Geistes Kind die rätselhafte Paradiesschwalbe tatsächlich war.

Schon die erste Nacht mit ihr hatte sich nämlich für Mario als wirres Durcheinander erwiesen. – Von wegen Schlaf! Keine zehn Minuten waren ihm dazu vergönnt gewesen. Abgesehen von mannigfachen Sexpraktiken, die ausnahmslos Yvonne einleitete und nach ihrem Willen durchzog, wobei sich Mario in einer Art nutzbarer Fortbildung und teils als Waisenknabe wähnte, fand er keine Ruhe, sich zwischendurch ein wenig zu erholen. Sie bombardierte ihn unentwegt mit ihrem Redefluss. Sogar als sie ihn gegen Mitternacht zum Balkon lotste, um ihre vornehme

Wohnlage mit herrlicher Sicht auf die lichttrunkene Stadt zu demonstrieren, blieb ihr flinkes Mundwerk keine Minute still. Und er fragte sich zunehmend, warum sie ständig reden musste, denn selbst ein kleiner Schlummer danach blieb ihm nicht vergönnt.

So erzählte sie von mancherlei Abenteuern, darunter auch, dass sie sich hin und wieder für teure Zahlungen einen Gigolo leiste, der sie mit seinen delikaten Liebeskünsten verwöhne, falls mal kein anderer Lover aufzutreiben wäre und sie nach Ersatzbefriedigung mittels Vibratoren gerade mal kein Verlangen habe.

Als er das vernahm, kam Mario ein Leitspruch aus der „Csárdásfürstin" in den Sinn: „Jaj, Mamám Bruderherz, ich kauf mir die Welt!" – wobei ihn das heitere musikalische Bühnenwerk, welches er kurz zuvor in der Dresdener Staatsoperette gesehen hatte, mehr erfreute als Yvonnes ungenierte Beichte.

Erstaunlicherweise verlor Yvonne trotz des unermüdlichen Wortschwalls keine Silbe zum Ursprung ihres finanziellen Reichtums. Doch von Gelegenheitsjobs allein wird niemand vermögend.

Obwohl Mario nicht danach fragte, krochen doch bestimmte Überlegungen in seine Hirnzellen. Es könnte ja sein, dass Yvonne über eine große Erbschaft verfügt oder einen tollen Lottogewinn verbucht hatte. Und freilich gab es noch eine Reihe anderer Mittel und Wege für üppige Einkünfte, darunter leider auch dunkle Machenschaften. Von solcherart Kanälen wollte er allerdings überhaupt nichts wissen.

Sonach war es ihm durchaus recht, wenn Yvonne ihr Geheimnis streng bewahrte. Vielleicht folgte sie einer bewährten Lebenserfahrung, die da lautet:

„Wisse stets, was du sagst, doch sage nicht alles, was du weißt!" Ein guter Ratschlag allemal, und zwar für jedermann – so ging es ihm beiläufig durch den Kopf.

Viel stärker interessierte ihn Yvonnes absonderliches Verhalten hinsichtlich der Intimsphäre. Möglicherweise entsprach ihre ausgeprägte Sexualität im besonderen Maße dem einstigen Hedonismus, dieser altgriechischen Philosophie, deren oberstes Ziel das Streben nach Sinneslust und -genuss ist. Insofern nichts Neues! Doch was soll's? Marios Neugierde tat das keinen Abbruch, im Gegenteil, er blieb auf weitere Begegnungen mit seiner jüngsten Eroberung überaus gespannt. Mal sehen, zu welchen Verrücktheiten sie noch fähig war und ob er da einigermaßen mithalten konnte.

Keinesfalls wollte er womöglich als Versager dastehen, auch wenn Yvonne ihn viel stärker forderte als all jene Frauen, mit denen er bisher seinen ausgeprägten Sexualtrieb befriedigt hatte.

Es waren mittlerweile immerhin schon zweiunddreißig zugängliche Evastöchter gewesen. Das wusste er genau. Mario fasste nämlich kurz nach Beginn seines Studiums der Fachkombination Sport und Mathematik den Entschluss, ein Tagebuch zu führen, was er auch konsequent befolgte. Darin vermerkte er Geschehnisse, die ihm überaus bedeutsam erschienen.

Seine mannigfachen lüsternen Ausschweifungen gehörten ausnahmslos dazu. Jedes amouröse Abenteuer wurde sorgfältig festgehalten.

Mit Yvonne wäre nun die Zahl eines Skatblattes vollständig, wobei er nicht ahnen konnte, dass sie für ihn zugleich die letzte intime Partnerin sein würde.

Den einschlägigen Notizen ließ sich auch genau entnehmen, wann, wie oft und wo sich Mario mit einer Gespielin verlustierte. In der eigenen, äußerst sparsam ausgestatteten Mansarde fand niemals ein Treffen statt. Seine Klause blieb für andere Personen generell tabu, meist sogar die genaue Adresse. Man traf sich vereinzelt im Hotelzimmer oder in der freien Natur. Doch fast immer ward das Heim der jeweils auserkorenen Lady zum idealen Liebesnest bestimmt. Das hatte sich auch deshalb gut gefügt, weil mit Ausnahme von zwei verheirateten Damen alle anderen noch solo gewesen waren.

Mario legte außerordentlich großen Wert darauf, sich unter keinen Umständen auf ein Techtelmechtel mit Minderjährigen einzulassen. Dies galt insbesondere gegenüber seinen Schülerinnen, von denen nicht wenige fortwährend mit ihren aufblühenden Reizen verführerisch lockten. Doch er blieb seinem Grundsatz ausnahmslos treu.

Während er sich sexuell niemals zu Männern hingezogen fühlte und auch nicht wusste, was sich bei solcherlei Praktiken abspielt, da es ihn nicht interessierte, begeisterte ihn unentwegt das weibliche Geschlecht. Dazu äußerte er bei gebotenen Anlässen den eindrucksvollen Satz: „Wenn es für uns Herren der Schöpfung jemals das Göttliche auf Erden gibt, dann nur in Gestalt einer geliebten Frau."

Hiergegen beschlich ihn erstmalig im Verhältnis zu Yvonne Zander das mulmige Gefühl, es könnte auch völlig anders zutage treten, nicht zuletzt deshalb, weil sie schelmisch ankündigte, während des nächsten Zusammenseins ein spezielles Geheimnis preiszugeben.

Schließlich gehören unangenehme Überraschungen ebenso zur menschlichen Existenz wie jene, die Glück verheißen. Die jählings eintretenden bösen Ereignisse vermögen mitunter selbst einen gestandenen Mann ganz und gar aus der gewohnten Lebensbahn zu werfen.
Und Mario sollte mit seiner vorerst nebulösen Ahnung recht behalten, denn es kam weit schlimmer als jemals vermutet.

VI

In der sächsischen Landeshauptstadt hatte wieder einmal ein überwiegend trüber Sonntag das Zepter in die Hand genommen. Er wurde begleitet von dunklen Wolkenfeldern, heftigen Windböen und vereinzelt auch starken Gewittergüssen.

Mario Wolf lag geruhsam auf seiner Couch, um Kräfte zu sammeln, denn ihm stand ein neues Abenteuer bevor. Das Chronometer zeigte gerade auf fünfzehn Uhr. Es blieben ihm noch drei Stunden bis zum vereinbarten Treffen mit Yvonne. Zeit zum Nachdenken.

Er hatte sie in ein behagliches Restaurant zu einem gemeinsamen Abendessen eingeladen. Das machte Mario oft und gern mit seiner jeweiligen Partnerin sowie auch mit anderen Leuten. Nahestehende Personen hin und wieder zu verwöhnen, war ihm ein urwüchsiges Bedürfnis. Da plagten ihn weder irgendwelche Bedenken noch seine übliche Neigung zur Sparsamkeit, weil er es stets als eine innere Genugtuung empfand, vertrauten Mitmenschen gelegentlich eine Freude zu bereiten.

Nach dem Aufenthalt in der Gaststätte würde Yvonne bestimmt zügig nach Hause wollen, um sich erneut in nahezu unglaubliche Eskapaden zu stürzen. Sonach stünde ihm bereits die dritte heiße Nacht mit der flatterhaften Liebeskünstlerin bevor. Ausgang vollkommen ungewiss.

Indem derlei Eingebungen Marios Fantasie beanspruchten, schoben sich allmählich Erinnerungen dazwischen, die recht klare Bilder von früheren Liebschaften erzeugten. Am deutlichsten trat jene Begebenheit hervor, die ihn zum ersten Intimverkehr veranlasst hatte. Bald waren andere Überlegungen vollkommen verdrängt.

Mario zählte damals gerade achtzehn Lenze, als es geschah. Und nicht irgendjemand verführte ihn, sondern eigenartigerweise seine entzückende Stiefmutter. Sie war nur zwölf Jahre älter als er.
Der Vater, ein anerkannter Chirurg, nahm sich als vierzigjähriger Witwer die junge Krankenschwester zur Frau, nachdem Marios leibliche Mutter, von Beruf Ärztin, fünfzehn Monate zuvor durch einen verhängnisvollen Unfall ums Leben gekommen war.

Die Eltern der tödlich Verunglückten waren seit jeher in der Lessingstadt Kamenz ansässig, wo sie ihr einziges Kind, die verheiratete Tochter, häufig besuchte.
In letzter Zeit war sie meist allein mit ihrem Auto dorthin gefahren, um nach dem Rechten zu sehen.

Die alten Herrschaften hatten nämlich wachsende Mühe, sämtliche Anforderungen des täglichen Lebens wenigstens einigermaßen zu bewältigen. Das war vor allem durch eine tückische Erkrankung der Mutter verursacht worden. Sie litt zunehmend an Demenz. Ihr Mann umsorgte sie zwar fortwährend liebevoll, doch allmählich sah er sich am Ende seiner Kräfte, denn ihm wurde eindeutig zu viel abverlangt.

Wer bereits eine derartige Heimsuchung unmittelbar miterlebte, hat gewiss begriffen, wie schlimm es ist, wenn ein Mensch zusehends neben sich steht und schließlich seine Persönlichkeit ganz einbüßt. Unbestreitbar eine besonders üble Krankheit! Die davon Befallenen können oder wollen mehrheitlich gar nicht wahrhaben, in welch eine entsetzliche Lage sie geraten sind, weil es daraus kein Entrinnen mehr gibt.

Um der misslichen Situation Abhilfe zu schaffen, war die vierköpfige Familie ihrer Tochter nach eindringlichen Beratungen übereingekommen, das betagte Ehepaar bei sich in Meißen aufzunehmen.

Aber solche Überlegungen kamen für die Betroffenen überhaupt nicht infrage. Sie wollten unter allen Umständen in ihrem angestammten Heimatort verbleiben, – bis der Tod sie erlöse, lautete ihr Argument.

Über die verbindliche Entscheidung der alten Herrschaften war ihre Tochter keineswegs verwundert, denn sie hatte nichts anderes erwartet. Dafür kannte sie die Eltern viel zu gut, wusste deren Charakter zu schätzen und bewunderte seit jeher den behutsamen Umgang miteinander.

Sonach ward sie unwillkürlich von einem bezeichnenden Eintrag ihrer Mutter aus dem Poesiealbum beschlichen, welcher anlässlich der Jugendweihe erfolgte und den sie längst auswendig hersagen konnte:

„Die Liebe ist langmütig, die Liebe ist gütig. Sie ereifert sich nicht, sie prahlt nicht, sie bläht sich nicht auf. Sie handelt nicht ungehörig, sucht nicht ihren Vorteil, lässt sich nicht zum Zorn reizen, trägt das Böse nicht nach. Sie freut sich nicht über das Unrecht, sondern freut sich an der Wahrheit. Sie erträgt alles, glaubt alles, hofft alles, hält allem stand."

Diese wundervolle Lobpreisung erhabener Gefühle, welche einst Apostel Paulus prägte, kam der von Sorge erfüllten Ärztin vielleicht gerade deshalb in den Sinn, weil sie felsenfest davon überzeugt war, dass sich ihre großartigen Eltern zeitlebens im hohen Maße so verhielten. Deren Liebe zueinander empfand sie stets als fabelhaft.

Doch sie musste mehr denn je entschieden damit rechnen, dass es mit ihnen zusehends bergab ging und all das Schöne bald vorbei sein würde, denn beide waren sehr gebrechlich und glitten unabwendbar dem Tod entgegen.

Mit diesen äußerst schmerzhaften Bildern im Kopf sowie den bedrängenden Geistes- und Seelenqualen befand sich die Reisende mit ihrem Auto auf dem

Heimweg, als es passierte. Wenige Sekunden Unaufmerksamkeit, schon prallte ihr Gefährt an einen Baum, der sich am Straßenrand befand. Und ausgerechnet während jenes Besuchs ihrer Eltern war auch das neunjährige Nesthäkchen Anna mitgefahren. Beide Insassinnen verstarben noch am Unfallort.

Daraufhin beklagte nicht nur Mario den tragischen Verlust zweier einzigartiger Menschen. Doch für ihn war es das Schlimmste, was er bis dahin hatte durchleiden müssen, denn nichts und niemanden vergötterte er so sehr wie seine Mutter und die bezaubernde kleine Schwester.

Die Kamenzer Oma wurde übrigens schon kurz danach in einem dortigen Pflegeheim aufgenommen, wo sie noch knapp drei Jahre lebte. Für ihren Mann war es ein Herzensbedürfnis, buchstäblich jeden Tag für ein bis zwei Stunden und manchmal auch etwas länger bei ihr zu sein, obwohl kaum noch ein vernünftiges Gespräch erfolgen konnte. Anfangs hatte sie vereinzelt noch lichte Momente, doch die wurden immer rarer, bis sie schließlich ganz ausblieben.

Hierzu hatte ihr Ehegatte einmal zu seiner Tochter im Beisein Marios geäußert:
„Keine Krankheit ist angenehm, aber Demenz gleicht einer furchtbaren Katastrophe, namentlich für die Angehörigen, da sie vollkommen hilflos zusehen müssen, wie ein geliebter Mensch jämmerlich dahin-

siecht. Einfach grauenvoll, weil das Gefühl nicht minder darunter leidet als der Verstand."

Und da er bereits sicher wusste, dass für ihn die letzte Reise genau dann beginnen würde, nachdem seine Frau nicht mehr lebte, hatte er sichtlich erzürnt hinzugefügt: „Es ist mir einerlei, wenn deutsche Parlamentarier, vornweg christlich orientierte, sich selbstherrlich herausnehmen, darüber zu befinden, wie Menschen in diesem Lande zu leben haben, indem sie per Gesetz ärztliche Sterbehilfe generell verbieten.

Das ist ein Lehrbeispiel für die unverschämte Arroganz der Macht, kann aber nicht verhindern, dass jährlich bald zehntausend Personen aus unterschiedlichen Gründen Suizid begehen oder sich dorthin begeben, wo Politiker humaner denken und handeln, sobald es um die Selbstbestimmung und Würde ihrer Mitbürger geht."

Beide aufmerksame Lauscher, die Tochter als auch der Enkelsohn Mario, waren infolge der überraschenden Worte des empörten alten Mannes für eine Weile sprachlos, bis die Ärztin zaghaft entgegnete:

„Ach, Papa, ich versuche ja, deine Sorgen zu verstehen, aber wir Mediziner haben die Pflicht zu helfen und nicht zu töten. Das entspricht seit Hippokrates unserer Ethik, und ich handle danach. Nie würde ich es fertigbringen, einen Patienten willentlich ins Jenseits zu befördern."

Ihr Vater hielt prompt dagegen: „Und wenn es sich um einen Todkranken handelt, der dich mit letzter Kraft flehend darum bittet, ihn von seinen unerträglichen Leiden, welcher Art auch immer, zu erlösen? Wäre das etwa nicht eine sachkundige und daher menschlich vertretbare Hilfe?"

So setzte sich das Streitgespräch ellenlang fort, ohne auf einen gemeinsamen Nenner zu kommen. Beide pochten auf ihre Meinung. Die Ärztin räumte lediglich ein, dass man im hohen Alter sicherlich viele Dinge des Lebens anders bewerte als während der blühenden Jahre.

Wahrscheinlich wollte sie damit ihrem Vater entgegenkommen, denn sie achtete ihn sehr. Keinen Augenblick hatte sie vergessen, welche Entbehrungen ihre Eltern auf sich nahmen, um ihr das langwierige Medizinstudium einigermaßen sorgenfrei zu ermöglichen. Nicht nur dafür würde sie ihnen zeitlebens dankbar sein.

Andererseits war es namentlich ihr geliebter Papa, der sie schon von Kindesbeinen an mehrfach dazu ermahnt hatte, die eigene Meinung stets offen und auch solange mutig zu vertreten, bis man vom Gegenteil überzeugt wird.

Mario verfolgte zwar stillschweigend, aber höchst wachsam den eindrucksvollen Disput, um daraus später mehrere Auszüge in seinem Notizbuch festzuhalten, was er auch gewissenhaft vollzog.

Wenig beeindruckt von den Argumenten seiner einst besorgten Tochter nahm der enttäuschte Greis das Schicksal entschlossener denn je in die eigenen Hände. Nachdem seine Frau verstorben war und ein würdiges Begräbnis hinter sich hatte, sah er keinen Sinn mehr an seinem weiteren irdischen Aufenthalt.

Der Kontakt zum Schwiegersohn war fast gänzlich abgebrochen. Doch ihr Umgang miteinander erschien ohnehin für beide Seiten niemals besonders herzerfrischend und wohltuend.

Andere Verwandte hatte der nunmehr alleinstehende, gebrochene alte Mann nicht mehr. Zudem vertrat er geradezu störrisch die Auffassung: Wer nur für sich lebt, macht sich überflüssig, wobei dies sebstverständlich auch für Senioren gilt, solange sie noch halbwegs bei Kräften sind.

Da seine Energie viel zu sehr erschöpft war, um gegebenenfalls bedürftigen Menschen hilfreich beizustehen, kratzte er seine armseligen Ersparnisse zusammen, fuhr in die Schweiz und ließ sich dort mittels einer tödlich wirkenden Substanz (hoch dosiertes Barbiturat) absichtlich einschläfern. In der Heimat war ihm die Erfüllung seines grausigen Wunsches strikt verwehrt worden.

Vollkommen überraschend erreichte am nächsten Tag Herrn Wolf senior die Kunde vom freiwilligen Tod des Schwiegervaters. Daraufhin beauftragte er ohne langes Federlesen den Sohn, unverzüglich alle erforderlichen Maßnahmen vorzubereiten und deren praktische Umsetzung persönlich in die Hand zu nehmen.

Seine Entscheidung begründete er wie folgt: Zum einen wäre es eine vortreffliche Lebensschulung für den Jungen. Darüber hinaus sei zu berücksichtigen, dass die Zeit eines Professors mit erheblich höheren Kosten zu Buche schlage als die eines Studenten.

Mario, damals kurz vor seinem zwanzigsten Geburtstag, empfand zwar die Argumentation des Vaters als eine ziemlich seltsame Logik und moralisch sogar verwerflich, den Wert eines Menschen allein nach seiner Nützlichkeit zu bemessen. Auch dessen Gefühl für Sitte und Anstand missfiel ihm, hielt es gleichfalls für anrüchig. Doch er nahm die Weisung widerspruchslos entgegen.

Unter anderen Umständen hätte Mario vielleicht die strenge Order seines Vaters zurückgewiesen. Da er sich jedoch einst selbst zum fragwürdigen Verhalten hinreißen ließ, fühlte er sich schuldig und zu Gehorsam verpflichtet. Immerhin hatte er seinen Erzeuger mehrfach mit dessen frisch verheirateter Gattin betrogen. Das lag mittlerweile schon fast zwei Jahre zurück, aber die Gewissensqualen blieben und nagten fortwährend unbarmherzig an seiner Seele.

Demzufolge bewältigte Mario also sorgsam die ihm übertragenen Pflichten mit durchaus achtbaren Ergebnissen. Und so brachte man seinen Kamenzer Großvater bei gebührender Pietät zur letzten Ruhestätte nach Meißen, weil es in der einstigen Niederlassung keine Verwandten mehr gab, die sich um die Pflege der Grabstätte hätten kümmern können. Kurz darauf wurde auch seine verstorbene Frau achtsam zu ihm umgebettet.

In jener Zeit, als Marios lüsterne Stiefmutter ihn mit den wundervollen Genüssen einvernehmlichen Sexualverkehrs mehrfach praktisch vertraut machte, wohnte die Familie in Meißen, einem altehrwürdigen Städtchen mit bezauberndem Flair am malerischen Elbstrom, umgeben von herrlichen Weinbergen und bewaldeten Hügeln. Man bezeichnet den Ort auch treffend als Wiege Sachsens.

Senior Wolf hatte sich als Facharzt eine führende Position am Universitätsklinikum in Dresden erarbeitet. Er fuhr täglich mit dem Zug und verbrachte oftmals mehr als zehn Stunden außerhalb seiner Behausung. Deshalb hegte das frisch getraute Ehepaar die Absicht, in die sächsische Metropole zu ziehen, die ja seit Langem auch als Elbflorenz bewundert wird.
Zuvor sollte Mario jedoch unbedingt über das Abitur verfügen. Er genoss seine Ausbildung am Gymnasium auf dem Meißner Ratsweinberg, in dessen Nähe sich auch die Wohnung der Familie befand.

Die noch jugendlich wirkende Stiefmutter war als examinierte Kinderschwester auf der Geburtenstation des Elblandklinikums im Schichtdienst beschäftigt.

Sie verkörperte nahezu vollkommen weibliche Eleganz und Cleverness, gepaart mit natürlicher Schönheit sowie Fleiß und Hingabe. Ihrem unbändigen Liebreiz vermochte kaum ein Mann zu widerstehen. Das wusste und nutzte sie nicht zu knapp. Umso erstaunlicher, dass Marios Vater sie ehelichte. Anscheinend war er viel zu sehr in seinen Beruf vertieft, dem er sich grenzenlos hingab, als womöglich auf den Gedanken zu kommen, dass seine junge Partnerin untreu werden könnte …

Während Mario seit einer halben Stunde schon in derlei Erinnerungen schwelgte, erklang plötzlich sein Handy. Es war siebzehn Uhr.
Eine vertraute Stimme meldete sich: „Ja, hier Yvonne! Mein Freund, ich muss dir leider etwas Unangenehmes mitteilen. Mir geht es gar nicht gut. Wahrscheinlich hat mich eine böse Grippe am Wickel. Seit Tagen schmerzt mir schon der Kopf, und ich muss ständig husten. Es tut mir leid, dass ich dich so kurzfristig informiere, aber ich dachte, die Sache wäre bald erledigt. Doch dem ist eben nicht so, wie sich jetzt herausstellt. Wir müssen unser Treffen verschieben. Ich melde mich wieder, sobald ich halbwegs gesund bin. Bis dahin, mein Lieber!"

Kurze Pause. Nun ergriff Mario das Wort:
„Auweia, Schatz, das tut mir aber leid, dass es dich derart erwischt hat!

Soll ich nicht vielleicht trotzdem zu dir kommen, um dich auf irgendeine Weise zu unterstützen?", hakte er vorsichtshalber nach, denn ihm fiel auf, dass sie beim Sprechen stark nach Luft schnappte und es ihr womöglich besonders schlecht ging.

„Nein, mein Liebster, das ist überhaupt nicht nötig! Vielen Dank! Am Ende würdest du dich selbst anstecken. Das fehlte gerade noch! Sei unbesorgt, ich finde mich schon zurecht! Außerdem hilft mir meine Mutter. Sie ist eigens deshalb heute angereist."

„Gut, ich will es mal glauben, obwohl deine Stimme anders klingt. Also wünsche ich dir aus tiefstem Herzen das Beste, vor allem eine tunlichst schnelle und bleibende Genesung!"

„Nochmals danke und tschüss!", waren ihre Abschiedsworte.

Mario blieb für immer verborgen, dass er just zur selben Zeit hintergangen wurde, als das Telefonat lief. Yvonne amüsierte sich nämlich gerade mit einem anderen Mann, und zwar so intensiv, dass sie beinahe versäumt hätte, die geplante Zusammenkunft noch rechtzeitig abzusagen, was auch ihre Atemnot erklärt.

Den dunkelhäutigen Typen hatte sie erst am Vormittag zufällig übers Internet aufgegabelt, wo sich mehrere Liebhaber gegen Bezahlung freimütig anboten. Dort war er als ein draufgängerisch wirkender Galan erschienen, der vor Kraft und Leidenschaft regelrecht strotzte, dazu wohnhaft in Dresden und eben verfügbar. Yvonne war sogleich Feuer und Flamme.

Die Chance, den Belami möglichst schnell ins Bett zu bekommen, musste sofort genutzt werden, denn sie verspürte ein zunehmend starkes Verlangen nach heißem Sex. Mario könnte sie ja an einem anderen Tag besuchen. Er würde bestimmt kommen. Daran zweifelte sie keine Sekunde.

Um fünfzehn Uhr erschien ihr gebuchter Gigolo, und sie trieben es miteinander stundenlang in allen Variationen, bis zur völligen Erschöpfung.

VII

Nicht im Entferntesten wäre Mario darauf gekommen, dass Yvonne ihn skrupellos ausgebootet hatte. Von der unerwarteten Nachricht war er fraglos etwas überrascht worden, vor allem, weil sie so spät erfolgt war und von wirklich Unangenehmen kündete, doch er verfiel deshalb keineswegs in große Betrübnis.

Ja, was sollte er nun mit seiner unverhofft gewonnenen Freizeit anfangen? Ein Buch lesen, gegen Abend vielleicht einen Fernsehfilm ansehen oder lieber in die Stadt fahren, um etwas Interessantes zu erleben?

Mußestunden standen ihm jetzt reichlich zur Verfügung, zumal der Unterricht für ihn morgen erst um elf Uhr begann. Das hatte er auch bei der Verabredung mit Yvonne berücksichtigt, quasi prüfend in die Waagschale geworfen, bevor er sich für ein Treffen mit ihr entschied.

Solche Überlegungen waren ihm stets wichtig, denn er wollte unter keinen Umständen womöglich vollkommen übernächtigt oder anderweitig todmüde vor eine Klasse treten. Derartiges geziemt sich nicht für einen Pädagogen, es wäre ihm überaus peinlich, wenn es doch einmal vorkommen würde.

Ihm lag viel daran, ein guter Lehrer zu sein, streng und gerecht sowie im hohen Maße Vorbild für seine Zöglinge. Von seinem übersteigerten Geschlechtstrieb wusste man freilich weder im Kollegium noch in der Schülerschaft, denn er achtete eisern darauf, dass seine triebhafte Veranlagung dort tabu blieb, wo sie nicht hingehörte.

Da sich das ohnehin miserable Wetter noch zusehends verschlechtert hatte, fasste Mario eben den Entschluss, es sich in seiner Wohnung gemütlich zu machen, an deren Schlichtheit er sich längst gewöhnt hatte, weil er es gar nicht anders wollte. Übertriebener Aufwand im eigenen Umfeld war ihm grundsätzlich zuwider. Dagegen schätzte er die Lage seiner Bleibe am Rande Dresdens, im Grünen gelegen, wo seiner Meinung nach die Luft viel sauberer und gesünder war als im Zentrum der Stadt.

Mario bereitete sich einen Imbiss, aß und trank ein wenig, um sich anschließend wieder auf seine Couch zu begeben und den lieben Gott einen frommen Mann sein zu lassen. Er nahm sein Notizbuch zur Hand, was er oft und gern machte, blätterte wahllos darin, und es währte nicht lange, bis erneut vielfältige Erinnerungsbilder in seinem Geiste auftauchten, davon mehr angenehme als beunruhigende.
Und schon befand er sich in Gedanken erneut bei seinen ehemals sündhaften Verfehlungen mit der wol-

lüstigen Stiefmutter, einer nimmersatten Liebesdienerin im Wohnbereich der Familie Wolf.

Verschiedene Details jener Geschehnisse drängten sich immer klarer in sein Bewusstsein, indem er sich noch genau entsann, was damals passiert war. Zum Greifen nahe stellten sich zunehmend einschlägige Schauplätze und Abläufe ein, Szenen einer gründlichen Einweihung in vielfältige amouröse Praktiken.

Beim ersten Mal war es noch reine Neugierde gewesen, die Mario zum lasterhaften Verhalten veranlasst hatte, was zugleich einer nahezu unverzeihlichen Freveltat gleichkam, denn er betrog wissentlich seinen Vater. Obwohl er dabei keineswegs den Akteur spielte, sondern eindeutig verführt wurde, verfolgte ihn seither ein schlechtes Gewissen, das er zeitlebens als Seelenschmerz mit sich herumschleppte.

Jenes tiefgreifende Ereignis trug sich wie folgt zu:
An einem sonnenüberfluteten, lauwarmen Wochentag im Frühling hatte die bildschöne Gemahlin des Vaters gegen fünfzehn Uhr den Kaffeetisch liebevoll vorbereitet und sehnsüchtig ihren Stiefsohn Mario zum gemeinsamen Plausch erwartet. Solcherart gemütliches Zusammensein genossen die beiden schon öfter, wenn es ihre Zeit erlaubte und der Papa und Ehemann wegen dienstlicher Pflichten wieder einmal nicht dabei sein konnte.

Man hatte sich bereits aneinander gewöhnt, sprach sehr offenherzig über verschiedene Themen, kannte selbst auf sexuellem Gebiet fast keine Hemmungen oder Tabus mehr. Es herrschte eine zunehmend vertrauliche, sehr wohltuende Atmosphäre, der man sich mit immer größerer Freude hingab.

Julia, so ihr Vorname, hegte seit Längerem die feste Absicht, ihren ausnehmend charmanten Stiefsohn unbedingt persönlich mit den Geheimnissen des Intimverkehrs vertraut zu machen. In der Theorie erwies er sich ja bestens aufgeklärt, doch mit der Praxis hatte er anscheinend nichts am Hut. Da zählte nur sein Sport. Er konnte also noch gar nicht wissen, welch himmlische Glücksempfindung eine heiße Nummer bei Verliebten auszulösen vermag. Dem wollte sie nun ein für alle Mal Abhilfe schaffen. Schließlich ließ sich ihr eigenes Verlangen nach einem Geschlechtsakt mit ihm kaum noch bändigen. Auch Zeit und Ort waren geradezu ideal.

Schnell unter die Dusche und ein verführerisches Negligé übergeworfen, sonst nichts an Kleidung, um ihn wirkungsvoll zu betören, war ihr begehrliches Sinnen und Handeln. Bestimmt müsste er nur richtig bezirzt werden, geschickt umgarnt, damit er anbeißt und nicht womöglich noch flüchtet. Das hatte sie doch allemal drauf. Ihre schon oft bewährte weibliche List sollte voll ins Spiel gebracht werden, damit das ersehnte Ziel unter keinen Umständen gefährdet würde. Nichts durfte sie mehr daran hindern, ihren unsäglichen Liebesdurst endlich mit ihrem Stiefsohn zu stillen. Mario strotzte ja regelrecht vor Kraft und Energie sowie Lebensfreude. Und warum sollte sie nicht einen Teil davon abbekommen? Wer wagt, gewinnt!

Der junge Mann kam auch, wie erwartet, kurz nach fünfzehn Uhr nach Hause. Er grüßte freundlich und begab sich rasch unter die Dusche, weil er durchgeschwitzt war, da ihn ein knapp zweistündiges Tischtennismatch etwas außer Puste gebracht hatte.

Kaum abgetrocknet, doch sichtlich erfrischt, lief er in kurzen Hosen und einem leichten Tweed-Shirt wenige Minuten später zum Kaffeetisch und nahm hoffnungsfroh gegenüber seiner Stiefmutter Platz.

Dabei fiel ihm sofort auf, dass sie keinen Busenhalter trug und ihre Brustwarzen dunkelbraun hervorstachen. Auch sprangen ihm die erkennbar straffen, äußerst reizvollen Bälle fast entgegen, als sie sich betörend nach vorn beugte.

Zudem strahlte sie über das ganze Gesicht, wobei ihre funkelnden Augen und vollen Lippen ungewöhnlich verlockend wirkten.

Selbstredend war Mario sogleich höchst beeindruckt von derart erotischen Bildern. Und als Julia aufstand, um aus der Küche das fertig gebrühte schwarze Getränk zu holen, vermochte er seinen schmachtenden Blick von ihrem aufreizenden Gang keine Sekunde mehr abzuwenden. Ihm wurde spürbar warm ums Herz. Das steigerte sich noch erheblich, nachdem sie mit der heißen Kanne zurückkam und Mario dabei erspähen durfte, wie unter ihrem durchsichtigen Hauskleid bei jedem Schritt die prallen Brüste wippten und vom Schoß sogar die schwarzen Schamhaare hervorschimmerten.

Freilich war Mario sich prompt darüber im Klaren, dass seine Stiefmutter jedes Detail bewusst in Szene setzte. Und er genoss es auch. Doch mehr kam für ihn garantiert nicht infrage, glaubte er zumindest vorerst zuversichtlich, obwohl sich in seiner Hose mittlerweile etwas deutlich regte.

Beide tranken nun mit Vergnügen vom Kaffee und gönnten sich dazu auch Kuchen; sie ein Stück, er zwei. Derweil blickten sie sich fast ununterbrochen vielsagend in die Augen; er teils spürbar beklommen, sie umso entschlossener, auffallend keck und faunisch herausfordernd.

Endlich fragte sie ihn überraschend:

„Sag mal, mein lieber Mario, womit könnte ich dich jetzt noch zu deinem Geburtstag erfreuen? Es ist ja erst der Tage her, und du wurdest achtzehn. Wegen des Lehrgangs konnte ich ja leider nicht hier sein, um dir unmittelbar innigst zu gratulieren."

Damit hatte er nicht gerechnet und antwortete etwas verlegen, aber aus reinster Seele:

„Ach, ich besitze doch schon alles, um gut zurechtzukommen. Ich wüsste wirklich nicht, was ich noch unbedingt brauchen könnte. Vielen Dank, Julia!"

„Es muss doch nichts Materielles sein, was dir besondere Freude bescheren könnte", war ihre zweckge-

richtete Entgegnung, wobei sie ihm unentwegt triebhaft frech in die Augen sah.

„Und woran denkst du?", fragte er merklich errötend,
denn ihm war mittlerweile quellklar, wohin die Reise
gehen sollte.

„Wie wäre es denn mit Liebe, dem edelsten, erha-
bensten Geschenk, das uns Menschen jemals zuteil-
werden kann. Es gibt weiß Gott nichts Höheres auf
Erden. Wer die himmlische Gabe auch nur einmal erleben durfte, weiß bestimmt, wovon ich spreche. Aber
du gehörst anscheinend bisher noch nicht zu den
Auserwählten. Doch das lässt sich schnell ändern,
weil du nun endlich volljährig bist."

„Mag sein. Und wahrscheinlich hast du recht. Doch
wie kann es gehen? Vielleicht sogar mit uns beiden?
Das kommt überhaupt nicht aufs Tapet, jedenfalls bei
mir nicht. Bedenke, du bist meine Stiefmutter, wir
würden beide den Papa betrügen. Das hat er wahrlich
nicht verdient."

Hierauf entwickelte sich ein langes Gespräch, das
nicht minder freimütig erfolgte als zuvor, eher noch
offenherziger, indem sie sich ohne Umschweife wie
folgt zu rechtfertigen suchte:

„Durchaus interessant, was du sagst, mein Bester.
Aber wir sind nicht blutsverwandt, auch will ich dich
nicht heiraten oder ein Kind von dir haben, sondern
uns nur ein paradiesisches Vergnügen bereiten. Und
was deinen Vater betrifft, gewiss, er ist ein herzensgu-
ter und vertrauensseliger Mensch. Dessen ungeachtet

bin ich mir überhaupt nicht sicher, ob es ihn wirklich ernsthaft stören würde, falls ich mit einem anderen Mann ins Bett ginge und er es erführe. Vielleicht ist diese Annahme auch vollkommen abwegig und daher falsch. Wahrscheinlich muss ich darüber noch intensiver nachdenken …

Doch er lebt fast nur für seine Arbeit. Wenn wir vielleicht zweimal im Monat miteinander Sex haben, so ist das schon viel. Selbst dazu muss fast ausnahmslos ich ihn anstacheln", äußerte sie bedrückt, was Mario nicht entging.

„Und wie lief das mit meiner Mutter? Ebenso ärmlich?", fragte er leicht beklommen.

„Das kann ich dir leider nicht beantworten, weil ich trotz mehrmaliger Versuche von ihm bisher keine Auskunft darüber erhielt. Er reagierte stets mit eisernem Schweigen. Also habe ich es aufgegeben, danach zu fragen, zumal ich spürte, wie unangenehm ihm das Thema war. Soll er doch sein Geheimnis für sich behalten! – Ach, jetzt fällt mir ein, dass er mal nebenbei andeutete, sie wäre sexuell anspruchslos gewesen. Insofern passten beide gut zusammen."

Hierauf fühlte sich Mario dringend veranlasst zu ergänzen: „Nein, sie führten auch sonst eine harmonische Ehe und kümmerten sich liebevoll um mich sowie um meine kleine Schwester; die Mama allerdings wesentlich intensiver als der Papa."

„Ja, auch das glaube ich dir gerne", entgegnete Julia warmherzig und bewunderte wieder einmal Marios auffallend umfangreichen Wortschatz und gepflegte

Ausdrucksweise, weil sie ihrer Meinung nach die übliche Sprachfähigkeit von gleichaltrigen Jugendlichen weit übertrafen.

Die extrem prickelnde Phase ihres Beisammenseins hatte sich inzwischen beträchtlich entspannt, und man setzte den überwiegend sachlichen Dialog miteinander fort. Gleichwohl verlor Julia ihre verführerische Absicht keine Minute aus dem Sinn.

Doch er wollte etwas anderes erfahren und hakte nach: „Warum habt ihr überhaupt geheiratet, wenn du mit Papas intimer Zuneigung nicht zufrieden bist?"

„Anfangs war ich Feuer und Flamme, als wir uns kennenlernten. Auch danach konnte er mich hellauf für sich begeistern, und ich war überzeugt, endlich den richtigen Partner fürs Leben gefunden zu haben. Natürlich bin ich nicht als Jungfrau in die Ehe geschlittert. Gewisse Erfahrungen hatte ich bereits mit verschiedenen Männern gemacht. Aber nachdem ich sie hinreichend durchschaut hatte, wünschte ich mir keinen von ihnen mehr auf Dauer. Das wäre garantiert nichts geworden, um fortwährend glücklich zu sein. So habe ich eben deinen Vater geheiratet. Und ich wiederhole: Er ist wirklich rundum ein wunderbarer Mensch, nur in sexueller Hinsicht hapert es zuweilen arg."

„Wann und wo seid ihr euch das erste Mal begegnet?", wollte Mario nun wissen.

„Vor knapp zwei Jahren in der Kinderabteilung, wo deine Mutter als Stationsärztin arbeitete. Sie war meine Chefin, wie du sicher weißt. Dort traf ich zufällig deinen Vater, als er sie abholen wollte. Wir waren gleich voneinander angetan. Das spürte ich sofort. Aber dabei blieb es zunächst. Danach sahen wir uns erst zur Beerdigung deiner Mutter wieder. Ich gestehe, selbst wenn es merkwürdig erscheinen mag, es funkte abermals zwischen uns. – Die Liebe hat eben ihre eigenen Gesetze. –

Dessen ungeachtet kann ich mir kaum vorzustellen, dass dein Vater irgendwann untreu sein oder überhaupt jemanden hintergehen könnte. Früher so wenig wie heute. Er ist eben ein grundehrlicher Typ und kann sich beherrschen, im Unterschied zu mir.

Die Natur hat ihn halt nicht so triebhaft ausgestattet wie mich", fügte sie neckisch hinzu, um gleich fortzufahren: „Freilich wird man niemals völlig ergründen, was im Innersten eines Denkgeschöpfes wirklich vorgeht. Selbst die fähigsten Psychologen sind dazu außerstande. Insofern bleibt jegliche Art menschlichen Zusammenlebens auch immer mit gewissen Ungereimtheiten und Kompromissen behaftet, im Kleinen wie im Großen."

„Das ist zwar sehr interessant, doch ich möchte gern wissen, wie es mit euch weiterging, als Mama verstorben war. Gab es bald danach heimliche Treffen?"

„Keineswegs, anschließend verloren wir uns für ein ganzes Jahr völlig aus den Augen, bis ich eines schönen Tages den verblüffend attraktiven Witwer in der Cafeteria unseres Krankenhauses wiederentdeckte. Diese Begegnung war für mich allerdings kein Zufall, wie du wohl richtig vermutest, denn ich hielt bereits seit Längerem nach ihm Ausschau, da ich ja wusste, dass er als gefragter Spezialist hin und wieder auch im hiesigen Klinikum aushilft. Von da an war es um uns geschehen. Alles Weitere kennst du."

„Ja, danke!", war Marios wankende Entgegnung darauf. Nach einer flüchtigen Pause sprach er weiter und meinte: „Und jetzt habt ihr eine handfeste Krise. Willst du dich eventuell scheiden lassen?"
„Um Himmels willen! Wo denkst du hin? Ich liebe deinen Vater nach wie vor und mag ihn, wie ich auch dich mag, sehr sogar. Das spürst du doch! Oder etwa nicht?", fragte sie mit wiederholt aufkommender Lüsternheit, indem sie ihm funkelnd in die Augen sah.
„Schön und gut. Aber wie gedenkst du, dein sexuelles Problem zu lösen? Womöglich mit einem heimlichen Liebhaber?"
Die Frage überraschte sie keineswegs, denn sie antwortete ohne jegliches Zögern:
„Daran habe ich auch schon gedacht. Doch in unserem Provinzstädtchen wäre das viel zu riskant, und es käme bestimmt schnell ans Tageslicht. Stattdessen habe ich mir notgedrungen einen Vibrator besorgt. Doch er verschafft mir nicht annähernd das Hochge-

fühl, welches ich beim einvernehmlichen Liebesakt mit Männern erlebe. Es ist eben nur ein dürftiger Ersatz dafür, ein technisches Gerät, ohne menschliche Wärme und wollüstige Hingabe.

Dagegen wäre das mit dir natürlich etwas vollkommenen anderes und gewiss für uns beide äußerst beglückend. Niemand würde es erfahren, solange wir es nicht preisgeben. Zudem eignet sich unsere Wohnung hervorragend dafür, weil Papa garantiert niemals vor achtzehn Uhr heimkommt. Was hältst du von meiner Idee? Ist sie nicht grandios?", wobei sie abermals ihre weiblichen Reize verlockend ins Spiel brachte.

Mario schwieg verlegen und sinnierte: Derart unverblümt und eingehend hatte er sich bisher nur mit seinem Meißner Opa über erotische Themen unterhalten können, zu dem er seit früher Kindheit ein ausgesprochen inniges Verhältnis pflegte, das auf Gegenseitigkeit beruhte.

Sein Vater hingegen wäre niemals auf den Gedanken gekommen, sich darauf überhaupt einzulassen, geschweige denn, gegebenenfalls mit dem Sohn stundenlang über Sexualität zu sprechen. Das waren für ihn vollkommen nebensächliche Fragestellungen. Ihm genügte, seine Arbeit ordentlich zu verrichten und einschlägige Erfolge zu erzielen. Insbesondere daran konnte er sich erfreuen, denn es machte ihn glücklich und zufrieden.

Julia fiel sofort auf, dass Mario mit seinen Gedanken plötzlich woanders war. Sie blickte auf die Uhr und fragte besorgt: „Hallo, mein Liebster, musst du nicht um siebzehn Uhr bei deinem Schachklub sein?"

Unvermittelt aus seinen Überlegungen gerissen, antwortete er: „Ja, aber dort nimmt man es mit der Zeit nicht so genau wie beim Fußball, wo ich weder zum Training und erst recht nicht beim Punktspiel verspätet erscheinen dürfte. Wenn ich in einer Stunde loslaufe, reicht das auch."

Von dieser Aussage war Julia zutiefst angetan, denn sie kam ihrem heißen Verlangen freudig entgegen. –

Während Mario so auf seiner Couch lag und gedanklich mit den längst vergangenen Episoden beschäftigt war, zumal er sich an viele Details so genau erinnern konnte, als hätten sie sich erst vor Kurzem zugetragen, brachte ihn ein starkes Pochen an der Wohnungstür jählings wieder in die Gegenwart.

Leicht benebelt lief er zum Einlass, um nach dem Rechten zu sehen. Eine Frau im Greisenalter stand erregt vor ihm. Es war seine Nachbarin, die dringend Hilfe suchte, weil ihren Mann anscheinend ein Herzanfall peinigte, denn er klagte über akute Atemnot und heftige Schmerzen in der Brust sowie unerklärliche Angstgefühle. Da die alte Dame sich keinen Rat wusste, bat sie flehentlich Mario, ihr beizuspringen.

Nachdem er sich vom Desaster überzeugt hatte, rief er sofort den Rettungsdienst, der bereits nach zwölf

Minuten eintraf und Mario in seinem sachkundigen Bemühen um erste Hilfe ablöste.

Der betagte Herr wurde unter Einsatz des Martinshorns ins Krankenhaus gefahren, wo er eine Woche verbrachte und danach einigermaßen gekräftigt wieder nach Hause durfte.

Das überaus dankbare und erstaunlich glückliche Ehepaar verehrte nunmehr seinen hilfsbereiten Wohnungsnachbarn als stillen Helden.

VIII

Das tragische Ereignis hatte Mario ein bisschen durcheinandergebracht. Da ihm nichts Gescheites einfiel, wie er dem verschrobenen Sonntag noch etwas Sinnvolles abgewinnen könnte, legte er sich einfach erneut auf seine Couch.

Es währte nicht lange, und er befand sich prompt wieder bei jenem Geschehen, das zwar mittlerweile rund siebzehn Jahre zurücklag, jedoch niemals aus seiner Erinnerung wich. Stattdessen drängte es sich stets aufs Neue in sein Gedächtnis, so auch der weitere Ablauf seiner einstigen Verführung durch die triebhafte Stiefmutter.

Dabei handelte es sich immerhin um ein Schlüsselerlebnis, denn er wurde erstmals mit jener Sphäre menschlichen Verhaltens gründlich vertraut gemacht, in der sich nicht selten Himmel und Hölle begegnen. Für Mario triumphierte bis auf Weiteres das Paradies, der Freudenbecher höchster Glückseligkeit, und zwar wie folgt:

Beide saßen vis-à-vis am Kaffeetisch und genossen ihre gegenseitige Zuneigung in vollen Zügen. Doch Julia wollte mehr. Die Gunst der Stunde musste unbedingt genutzt werden, koste es, was es wolle.

Sie merkte beizeiten, dass Worte allein kaum reichen dürften, um den wundersamen Jüngling endlich für einen heißen Geschlechtsakt gefügig zu machen. Ergo musste sie ohne Aufschub verheißungsvoll schärfere Waffen einsetzen.

Sie stand jählings auf, riss sich das Kleid vom Leibe, hüpfte splitternackt zu Mario, legte ihre warmen Brüste um seinen Nacken und massierte ihn mit den Fingerspitzen kreisförmig an beiden Schläfen. Bald küsste sie ihn leidenschaftlich und griff ebenso beherzt in seinen Schritt, wo sie den nunmehr straffen Zauberstab fest in die Hand nahm.

Da gab es für Mario kein Entkommen mehr, im Gegenteil, er war unwillkürlich hell entbrannt und zu allem entschlossen. Während der paar Schritte zum Sofa entledigte er sich hurtig seiner zwei Klamotten, wonach er sich zum Kampf bestens gerüstet wähnte. Seine Feuertaufe konnte beginnen. Amors Pfeile hatten ihr Ziel erreicht.

Julia legte sich erwartungsfroh auf den Rücken, spreizte und erhob ihre Beine, um sie Mario auf die Schultern zu legen, nachdem er sich kniefällig und puterrot direkt vor ihr niederließ und sekundenlang begierig darauf harrte, was nun kommen mochte. Anscheinend fehlte ihm jegliche praktische Erfahrung. Doch er hatte ja eine Meisterin der Liebe vor sich. Sie ergriff seinen standharten Penis, hielt ihn energisch und zielbewusst in ihrer Hand und führte ihn im Zeitlupentempo zu ihrem Heiligtum. Von der Größe und Stärke des Wunderhorns war sie beeindruckt.

Mario drang mit seinem superstrammen Phallus äußerst behutsam in ihre feuchtheiße Muschi und verblieb auch mehrere Augenblicke tief darin, weil er fürchtete, sie eventuell zu verletzen.

Das genoss seine überaus erfreute Partnerin ein Weilchen, sagte aber dann: „Meinetwegen kannst du nun kräftig und immer ungestümer zustoßen. Hab' keine Angst, es tut mir nicht weh."

Und so stillten beide ihre überbordende Fleischeslust bis zur Erschöpfung. In beseelter Umarmung gönnten sie sich eine geruhsame Pause, bis Julia das Wort ergriff und glückstrunken sagte:

„Mario, mein Lieber, das war hervorragend. Ich bin begeistert und hoffe, es hat dir ebenso gefallen. Du hast mir ein grandioses Geschenk bereitet. Dafür danke ich dir aus tiefstem Herzen", und sie küsste ihn an mehreren Stellen seines Körpers überschwänglich.

Er verspürte eine gewisse erotische Aufwallung, bis sie fragte: „Hast du überhaupt schon mal etwas mit Mädchen gehabt oder es wenigstens versucht?"

„Na ja, so richtig nicht, nur hin und wieder ein bissel geknutscht. Sie klammern viel zu schnell, einige wollten am liebsten ihre ganze Freizeit mit mir verbringen, indem ich teilweise sogar auf meinen Sport verzichten sollte, Forderungen, die ich niemals erfüllen würde. Wer mich restlos vereinnahmen möchte, hat durchweg schlechte Karten."

„Also ein Spätzünder. Das gefällt mir!", rief Julia begeistert und fügte hinzu:
Glaube mir, liebster Mario, ich verstehe dich. Derart überzogene Wünsche brauchst du bei mir garantiert nicht zu befürchten, auch liegt es mir fern, dich auf irgendeine Weise zu binden. Du sollst auf deine Art frei und glücklich sein!"

Unwiderstehlich augenzwinkernd schob sie eine verfängliche Frage nach, obwohl ihr die Antwort darauf selbstredend längst vertraut war. Beinahe flüsternd äußerte Julia: „Deine Einstellung ist zweifellos interessant. Aber wie verhältst du dich, falls ein Samenkoller droht?"

Trotz leichter Schamröte im Gesicht, antwortete er unverkrampft: „Ich mache, was alle jungen Männer tun, sobald ihnen danach ist und ihnen zum Kühlen des aufwallenden Gemütes niemand beisteht: Sie onanieren, helfen sich durch Selbstbefriedigung."

„Ist das nicht ein Jammer, wenn man seine Kräfte in solcher Weise vergeudet!? Bestimmt könnten manche Frauen damit glücklich gemacht werden. Stattdessen spritzt ihr euren Samen sonst wohin, zum Beispiel in Taschentücher, wie ich unlängst feststellen musste, denn ich kümmere mich schließlich auch um deine schmutzige Wäsche."

Julia sah ihm lüstern und auffordernd streng in die Augen, worauf er etwas verlegen antwortete:

„Mag sein, doch bei mir kommt das wohl selten vor, denn ich brauche meine Energie hauptsächlich für sportliche Aktivitäten. Das weißt du."

„Sicher. Aber auch dort wirst du dich kaum völlig verausgaben, zumindest nicht hinsichtlich deiner intimen Veranlagung. Da sammeln sich nämlich rasend schnell neue Säfte. Also ich könnte schon wieder!", waren ihre auffordernden, ungemein lüsternen Worte. Sie stand auf, fasste seine Hand und lief mit ihm ins Bad, wo sich beide gleichzeitig frisch machten.

Dabei glaubte Mario, ein Geheimnis preiszugeben, als er ihr lächelnd offenbarte: „Es ist nicht das erste Mal, dass ich dich so herrlich nackt sehe."

„Ich weiß, du hast mich öfters heimlich unter der Dusche beobachtet. Aber ich habe immer so getan, als bemerke ich es nicht. In Wirklichkeit war es mir eine köstliche Genugtuung, ich genoss deine brennende Neugierde. Jede Frau freut sich, wenn sie bewundert und begehrt wird."

„Welcher Mann würde denn wegschauen, sobald du ihm ins Blickfeld gerätst? Vermutlich keiner und erst recht nicht, wenn er dich vollkommen entkleidet sehen darf. Ungelogen, Julia, du hast eine fantastische Figur, als wäre sie von einem extra befähigten Künstler geformt worden."

„Jetzt übertreibst du aber, mein lieber Mario!", war ihre spürbar dankerfüllte Entgegnung.

„Nein, bestimmt nicht! Obwohl ich mich bisher nur in der Theorie einigermaßen auskenne, erscheint mir dein Körper wirklich in einem sehr ansprechenden Größenverhältnis. Allein wenn ich deine Brüste betrachte, wird mir unwillkürlich warm ums Herz. Verlockend schön springen sie einem mit ihren kastanienbraunen Warzenspitzen entgegen; nicht zu üppig, gerade Männerhände füllend, dazu zart und straff wie deine ganze Erscheinung. Welch eine Augenweide! Unzweifelhaft wirkst du insgesamt als gut durchtrainiert, auch wenn sportliche Aktivitäten nicht gerade zu deinem Steckenpferd zählen."

„Moment, du Heißsporn! Ganz so ist das nicht, wie du meinst. Sowohl auf Arbeit wie auch im Haushalt flitze ich andauernd durch die Gegend, bin ständig auf Achse. Das hält fit. Außerdem vollbringe ich täglich wenigstens fünfzehn Minuten mit gymnastischen Übungen. Auch das tut mir gut. Man muss dabei nur konsequent bleiben."

„Oh, Verzeihung, nichts liegt mir ferner, als dir Unrecht zu tun, im Gegenteil, ich bewundere dich. Entschuldige meine dumme Formulierung", bat Mario reuig, um es von ihr gleich bestätigen zu lassen.

„Angenommen!", war ihre Entgegnung, worauf sie ihm ein Küsschen auf die Wange und einen kräftigen Hieb auf seine nackte Pobacke gab.

„Autsch! Danke! – Man sagt, der Liebreiz eines Menschen käme von innen. Auch das trifft auf dich uneingeschränkt zu. Deine Natürlichkeit hat mich seit jeher begeistert. Keinerlei Kriegsbemalung, übertriebenes Gehänge oder sonstiges Brimborium, womit sich manche Frauen mehr verunstalten als anziehend machen. Ich finde auch, dass dein halblanges naturblondes Haar dein schönes Gesicht mit den strahlenden Katzenaugen und den verführerisch einladenden Lippen wirkungsvoll umrahmt. Einfach bezaubernd! Und dein lebensbejahender, weltoffener Charakter, deine Leidenschaft, Seelenkraft und Herzenswärme, unterstreichen den Charme, dein gewinnendes, anziehendes Wesen. – Ich kann mir gut vorstellen, dass du viele Verehrer hast. Aber jetzt stehe ich dir wohl am nächsten, und ich bekenne: Das empfinde ich mittlerweile als ein himmlisches Geschenk."

Sichtlich beeindruckt von seinen lobpreisenden Worten nahm Julia ihn wieder fest an der Hand, und als beide zusammen das Sofa erreichten, bat sie ihn, er solle sich diesmal auf den Rücken legen, was er auch gerne und gespannt befolgte.
Sie stieg über ihn, setzte sich auf seine ausgestreckten Oberschenkel, griff nach dem kleinen Kerl, der sich rasant zum strammen Burschen erhob. Nachdem sie

das Prachtexemplar voller Wollust in ihre Scheide eingeführt hatte, behielt sie das Kommando so lange in gewollter Reitstellung, bis beide wohl nochmals einigermaßen aufgezehrt, doch überaus glücklich und zufrieden niedersanken.

Die Verschnaufpause währte nicht lange, als Julia fragte: „Möchtest du vielleicht auch in Zukunft keine feste Partnerin oder Familie?"
„Doch, unbedingt! Auch eigene Kinder will ich mal haben. Das ist ja der eigentliche Sinn des Lebens. Aber für die nächsten Jahre werde ich meinen Singlestatus gewiss beibehalten, nicht zuletzt auch deshalb, um mir erst die Hörner abzustoßen, wie man so schön sagt, damit ich später meiner Liebsten treu bleibe. Das erwarte ich auch von ihr, wobei ich nichts dagegen hätte, wenn sie sich vordem ebenso austobt. So ist es doch gerecht. Oder?"

„Kann sein. Ein heikles Thema. Am Ende muss es jeder für sich entscheiden, wie er sich verhält", entgegnete Julia unverbindlich.

Mario stellte bald darauf eine Gegenfrage: „Und wie ist es bei dir, möchtest du eigenen Nachwuchs?"
„Ja, natürlich! Welche Frau will schon darauf verzichten, selbst Mutter zu sein? Aber diesen Wunsch werde ich wohl oder übel aufgeben müssen.
Mich an eigenen Kindern zu erfreuen, bleibt mir sicherlich versagt.

Sobald ich das Thema anschneide, verweist dein Vater stets mit Nachdruck darauf, bereits Anfang vierzig zu sein und zu befürchten, dass man ihn öffentlich als Opa des Kindes sehen würde, was ihm sehr peinlich wäre. Gewiss hat er noch andere Gründe. Er will jedenfalls nach dir und Anna keinen weiteren Spross mehr haben, auch wenn deine kleine Schwester leider verstorben ist.

Da sich zu meinem Glück berufsbedingt ständig Kinder in meiner Nähe befinden, respektiere ich deines Vaters Wunsch, auch weil er wirklich gut zu mir ist. Er hat niemals schlechte Laune und zeigt sich mir gegenüber stets aufrichtig dankbar. Sicher, ich halte ihm den Rücken frei, erledige weitgehend allein die häuslichen und sonstig privaten Pflichten, auch den Schriftkram. Aber das tue ich gern, weil ich ihn auf meine Art sehr schätze und auch liebe.“

Das nahm Mario zwar anerkennend, jedoch auch ein wenig bezweifelnd zur Kenntnis, denn er war nicht davon überzeugt, dass eine solche Lebensauffassung unbedingt erstrebenswert sei.

Als müsse Julia ihre Sicht der Dinge noch ausführlicher begründen, fügte sie nach einer kurzen Pause hinzu: „Obwohl ich auch voll berufstätig bin, sogar im Schichtdienst, bleibt mir doch mehr freie Zeit als dem Papa. Er ist beträchtlich länger unterwegs und hat obendrein auch eine sehr hohe Verantwortung in seinem Job. Kurzum, ich beklage nicht mein Los, sondern genieße das Leben, wie du es doch gerade jetzt vernimmst. Und ich hoffe mit Freude!"

Hierauf kam Mario urplötzlich in den Sinn, wie ein Spitzbube auf etwas hinzuweisen, indem er meinte: „Du bist zweifellos eine wunderbare Frau, wahrhaftig ein fabelhaftes Geschöpf! Ich empfinde es traumhaft, echt überwältigend und bestimmt unvergesslich, was wir miteinander treiben. Ein großes Dankeschön!

Aber eines interessiert mich besonders", fügte er schelmisch fragend hinzu: „Hättest du mich gegebenenfalls auch als Minderjährigen verführt, was ja wohl eine Straftat wäre?

„Ganz sicher nicht!", war Julias spontane Reaktion, worauf sie ihre Äußerung sofort zu rechtfertigen suchte, indem sie sagte:

„Wir Menschen haben doch nicht nur Gefühle, sondern glücklicherweise auch Verstand. Und den sollten wir gebrauchen, wann immer es nötig ist!"

Dabei sah sie Mario prüfend ins Gesicht und ergänzte ihre Worte, um ihm entgegenzukommen, wie folgt:

„Natürlich gab es hin und wieder auch Momente, wo ich hätte dir gegenüber schwach werden können. Verbotene Früchte sind nun mal sehr verlockend. Doch ich konnte mich gottlob beherrschen und selbst den heißesten Versuchungen widerstehen. Allein deshalb haben wir uns erst drei Tage nach deinem achtzehnten Wiegenfest glückselig vereint."

Schließlich zeigte sich Mario von Julias Argumenten überzeugt. Dessen ungeachtet stellte er sichtbar besorgt eine weitere Frage:

„Und wie verhalten wir uns künftig am besten?", worauf er sie fest an sich drückte und dankerfüllt küsste, denn eine verlässliche Antwort erschien ihm weitgehend sicher, zumal er ihrer Erfahrung vertraute.

Darauf erwiderte Julia wie aus der Pistole geschossen: „Oh, mein Liebster, es soll für immer unsere kostbare Heimlichkeit bleiben! Nichts davon darf jemals hinausposaunt werden, denn kein Gold der Welt vermag unsere Liebe aufzuwiegen.

Zudem spricht nichts dagegen, das magische Wunder sorgsam zu pflegen, indem wir es tapfer auffrischen, wann immer uns danach verlangt.

Allerdings müssen wir höllisch aufpassen, dass Papa nichts davon erfährt, denn ich befürchte, es wäre für ihn äußerst martervoll, vermutlich weit schlimmer, als hätte er mich bei einer Liebschaft mit einem anderen Mann erwischt."

Hierauf befiel Mario ein mulmiges Gefühl, und er wähnte sich mit einem Schlag als Verräter, denn er hinterging keinen Geringeren als seinen Vater.

Julia bemerkte zwar sofort Marios Unbehagen, sprach aber unvermittelt weiter:

„Im Übrigen ist mir bisher kein einziges Beispiel zu Ohren gekommen, wonach eine Frau bestraft worden wäre, die einen Minderjährigen verführt hat. Dafür werden hierzulande scheinbar nur die Herren der

Schöpfung zur Verantwortung gezogen, falls man sie bei solch einem lasterhaften Verhalten ertappt.

Doch wie dem auch sei, ich konnte mich jedenfalls im Zaume halten!", warf sie ihm mit sichtlichem Stolz entgegen und erwiderte stürmisch seine Küsse.

Nachdem Mario sich schnell wieder gefasst hatte, wechselte er das Thema und meinte:

„Ehrlich, liebste Julia, ich bewundere deine Courage und noch mehr deine erstaunliches Wissen, obwohl du nicht studiert hast."

„Ach, Mario, man muss doch nicht unbedingt studiert haben, um einigermaßen klug zu sein!", rief sie ihm entgegen und ergänzte: „Gerade unter Akademikern befinden sich nicht selten ausgemachte Spinnertypen. Das Menschsein beginnt doch nicht erst beim Abitur oder gar mit dem Abschluss eines Studiums, auch wenn sich das manche Wichtigtuer einbilden."

Gern hätte Mario ihr noch weiter zugehört, doch er sah auf die Uhr und äußerte etwas beunruhigt, jedoch entschieden: „Auweia! Jetzt wird's aber höchste Zeit, dass ich mich spute!" Er sprang in seine Kleidung, drückte Julia flüchtig ein Küsschen auf ihren Mund und eilte davon.

An jenem Spätnachmittag verlor er hintereinander drei Partien beim üblichen Schachspiel, was ihn ziemlich überraschte und noch mehr enttäuschte.

Wenn er unerwartet Niederlagen erleiden musste, lag es bestimmt nicht daran, etwa völlig entkräftet zu sein. Vielmehr waren sie der Tatsache geschuldet, dass er sich nicht hinreichend konzentrieren konnte, weil die einzigartige Affäre mit seiner fabelhaften Stiefmutter noch in seinem Kopf herumschwirrte. Ein derart sensationelles Abenteuer vermag niemand einfach abzustreifen.

Mario hatte seine Einweihung in die praktische Liebeskunst jedenfalls bravourös gemeistert und freute sich von da an wie ein Schneekönig auf weitere Romanzen mit seiner bezaubernden Julia. Eine bessere Schulung konnte er sich gar nicht wünschen. Sie war für ihn die überragende Lehrmeisterin, und es verstrich keine Woche, in der sie sich nicht wenigstens dreimal gegenseitig in Wallung brachten und dabei vereinzelt sogar auf ganz natürliche Weise in Ekstase gerieten. Zudem waren sie stets bemüht, fast schon süchtig danach, Neues auszuprobieren, vornweg Stellungen aus dem altindischen Kamasutra-Buch, freilich nicht alle, denn einige empfanden sie als geradezu halsbrecherisch.

Mario vermochte das amouröse Treiben mit seiner unübersehbar aufblühenden Stiefmama über ein reichliches Jahr hinweg fortzusetzen. Auch gewann er wieder manche Partien beim beliebten Brettspiel und verfügte zudem über genügend Kraftreserven, um bei

Fußball- und Tischtenniskämpfen fast immer erfolgreich mitzuwirken.

Als er jedoch das Abitur in der Tasche hatte und zum Studium nach Heidelberg zog, ward das intime Verhältnis des außergewöhnlichen Liebespaares jählings beendet, und es konnte auch niemals wieder aufgefrischt werden. Selbst nachdem Mario das Lehramt in Dresden übernahm, blieb es bei sporadischen Kontakten zu seinen Eltern, die übrigens weiterhin in Meißen wohnten.

Sie hatten ihren einstigen Plan, in die Landeshauptstadt zu ziehen, sobald der Junge außer Haus ist, beizeiten aufgegeben. Beide waren mit ihrem Heimatort tief verwurzelt. Außerdem wollte Julia ihre Arbeitsstelle nicht mehr verlassen, weil es ihr dort ausgezeichnet gefiel und sie auch mit der neuen Chefin bestens zurechtkam. Ihr Mann hingegen musste sich anscheinend mit seinem Schicksal abfinden und fuhr weiterhin mit der Eisenbahn zum Dienst nach Dresden, worüber er allerdings niemals klagte.

Ob sich Julia nach Marios Weggang wieder einen Liebhaber suchte oder je nach Bedarf zum Vibrator griff, blieb anderen ebenso verborgen wie ihr unbändiges Treiben mit dem Stiefsohn. Lediglich Marios nahestehender Opa Paul hegte eine leise Ahnung, war sich aber nicht völlig sicher und schwieg deshalb eisern, denn er wollte unbedingt vermeiden, dass gegebenenfalls die Flöhe zu husten beginnen.

Wie bereits erwähnt, begann Mario gleich nach Aufnahme seines Studiums mit der gewissenhaften Führung eines Tagebuches. Darin wurden nachträglich auch Erlebnisse festgehalten, die ihm offenbar ausgesprochen wichtig erschienen. Seine erotischen Eskapaden mit Julia gehörten dazu. Ihnen widmete er rückwirkend besonders umfangreiche Aufzeichnungen. Diese und auch die weiteren Eintragungen gab er niemandem preis. Keine zweite Person durfte etwas darüber erfahren, möglicherweise eigens deshalb, weil es sich in privater Hinsicht um teils sehr konfliktträchtige Begebenheiten handelte.

IX

Am folgenden Mittwoch klingelte bei Mario kurz nach sechzehn Uhr das Telefon. Es meldete sich überraschend Yvonne Zander, die Schauspielerin. Sie gehörte zu den wenigen Auserwählten, denen er seine Handynummer anvertraut hatte, was ihn später bitter reuen sollte, noch viel mehr allerdings, dass er sich überhaupt mit ihr auf Intimitäten eingelassen hatte.

Yvonne fragte ihn mit unverkennbar verlockender Stimme, ob er sie denn in etwa zwei Stunden besuchen könnte. Sie würde ihn gern in jeder Hinsicht verwöhnen. Auch bedauere sie nach wie vor sehr, dass sie vor drei Tagen nicht mit ihm zusammen sein konnte, doch nun wäre sie wieder topfit und habe große Sehnsucht nach ihm. Ihre Mutter sei gestern heimgefahren. Also wäre alles bestens.

Mario vernahm gespannt ihre verheißungsvollen Worte und bedankte sich höflich für ihre freundliche Einladung. Dass sie ihn am vergangenen Sonntag heimtückisch belog und ebenso ruchlos hintergangen hatte, konnte er nicht ahnen. –

Behutsam machte er sie darauf aufmerksam, dass er sich für solcherart Begegnungen nur zu den Wochenenden die nötige Zeit nehmen könne, da ihn seine dienstlichen Pflichten voll beanspruchten. Leider habe er am nächsten Tag weder frei noch späteren Unterrichtbeginn. Er bitte also um Verständnis, wenn er ihren überaus reizenden Wunsch nicht gleich erfüllen werde, wie sehr er das auch bedaure.

Spürbar verärgert lud sie ihn daraufhin für den kommenden Sonnabend ein. Man vereinbarte, sich um achtzehn Uhr zunächst in jener Gaststätte zu treffen, die Mario bereits einmal empfohlen hatte. Doch verbindlich wäre für sie der Termin nicht, es könne ja noch etwas Unvorhergesehenes dazwischenkommen. Sie werde sich aber in jedem Fall vorher nochmals bei ihm melden. Er dürfe sich darauf verlassen.
Hierauf befiel ihn unwillkürlich ein seltsames Gefühl. Zwar glaubte er, Yvonne schon einigermaßen zu kennen, und er war sich dabei auch ziemlich sicher, dass sie allemal zu höchst verblüffenden Kapriolen fähig war, darunter wohl auch hinterlistige, vielleicht sogar lebensbedrohliche Verrücktheiten. Sollte das womöglich ein gewisser Voralarm sein? –
Nichtsdestoweniger blickte er erwartungsvoll auf das nächste Abenteuer mit ihr.

In der Zwischenzeit drängten sich während der freien Abende immer wieder längst vergangene Begebenheiten in Marios Gedächtnis. Obwohl er sich deren merkwürdige Häufung nicht zu erklären wusste, ließ er sie bereitwillig zu, denn sie verhalfen ihm meist zu sagenhaft angenehmen Erinnerungsbildern, die er mit Freuden genoss.

Bei solchen Rückschauen kamen jedoch bisweilen auch Vorkommnisse ins Blickfeld, die er am liebsten niemals mehr hätte wahrhaben wollen.

Das bezog sich hauptsächlich auf seine Studienjahre in Heidelberg, die in puncto Bettgeschichten keineswegs nur rosig gewesen waren.

Wie umfassend er durch seine Stiefmutter in sexuelle Praktiken auch eingeweiht worden sein mochte, mit teils krass hinterhältigen Verhaltensweisen bestimmter Weibsbilder war er bis dato nicht vertraut. Seine fabelhafte Stiefmutter hatte sich ihm gegenüber stets aufrichtig und wohlgesinnt gezeigt. Dass eine Affäre auch völlig anders enden kann, sollte er auf sehr dramatische Art höchstpersönlich erfahren, denn nicht alle Frauen sind reine Engel.

Ein in dieser Hinsicht erstes und daher besonders lehrreiches Geschehnis trug sich wie folgt zu:

Mario befand sich im fünften Semester, als er in Heidelberg eine auffallend hübsche Jurastudentin kennenlernte. Ihr Vorname lautete Cindy. Sie war genau zwei Wochen jünger als er.

Bald stellte sich heraus, dass es sich um eine besonders flotte Biene handelte, denn sie sprühte geradezu vor Lebenslust, getrieben von purer Neugierde buchstäblich auf alles, was es für sie noch zu entdecken gab, vornweg in sexueller Hinsicht. Und sie sah einfach hinreißend aus! Kein liebeshungriger Jüngling schaffte es, ihr lange zu widerstehen, sobald sie ihre weiblichen Reize ins Spiel brachte, um einen erhofften Fang zu sichern. Insbesondere während der zweieinhalb Studienjahre, die sie an der Fakultät bereits erfolgreich hinter sich gebracht hatte, entwickelte sie eine wahre Meisterschaft im Wechsel ihrer Liebschaften. So geriet auch Mario in ihre Netze, was ihm einstweilen durchaus sehr behagte, denn er hatte es offenbar mit einer auserlesenen Grazie zu tun, die ihm, wie ehedem Julia, stets neue Pforten zum Paradies öffnete. Auch war ihm, als hätte er obendrein Amors Lächeln wiederholt vernommen.

Wer könnte da je auf den Gedanken kommen, dass charakterlich ein durchtriebenes, mit nahezu allen Wassern gewaschenes Luder in ihr steckte? Diese eigentümliche Wesensart konnte sie meistens geschickt verbergen.

Cindy und Mario verbrachten immerhin drei glückliche Monate miteinander, bevor sie ihm eine sensationelle Neuigkeit geheimnistuerisch zögernd offenbarte, nämlich unverhofft schwanger geworden zu sein.

Sichtbar erstaunt nahm er die Botschaft entgegen, da sie vordem glaubhaft beteuert hatte, sich durch die Antibabypille zu schützen, weshalb er keine Kondome brauchen würde.

Marios Verblüffung währte allerdings nur einen langen Atemzug, dann nahm er Cindy extra liebkosend fest in seine Arme, bevor er ausrief:

„Das überrascht mich zwar sehr, doch gemeinsam werden wir das Kind schon schaukeln! Leicht wird es sicher nicht, denn du musst ja das Studium vorübergehend unterbrechen, aber wir finden bestimmt eine gute Lösung. Meinen Meißner Großeltern ist es ähnlich ergangen.

Sie zählten noch keine neunzehn Lenze, als es unversehens passierte. Beide fielen aus allen Wolken, doch recht schnell überwanden sie ihre Verwunderung und schmiedeten frohen Mutes Pläne für ihre gemeinsame Zukunft. Noch heute sind sie glücklich und zufrieden mit ihrem Schicksal. Und ich verehre sie in vielerlei Hinsicht als echte Vorbilder.

Obwohl ich mir einst vorgenommen hatte, mit der Familiengründung möglichst so lange zu warten, bis ich mir eine stabile berufliche Grundlage dafür geschaffen habe, haut es mich jetzt keineswegs vom Hocker. Ebenso stand nämlich für mich seit jeher fest, wenn es sich doch früher ergeben sollte, dass eine geliebte Partnerin von mir ein Kind bekommt, wäre das auch rechtens. Ich würde garantiert nicht auf Abtreibung drängen, was ich ganz bestimmt auch jetzt nicht tun werde. Darauf kannst du dich verlassen, meine Liebe!"

Mario hielt kurz inne, blickte Cindy tief in die Augen und vernahm sogleich, wie verlegen sie wirkte, was vermutlich darauf hindeutete, dass sie ein anderes Echo erwartet hatte. Doch zusehends erhielt ihr Gesicht einen hellen Glanz, und Mario gewahrte frohen Herzens, wie sie im Innersten berührt war.

Höchst erfreut über seine positive Reaktion, ergriff Cindy Marios Hände und legte sie behutsam auf ihren nackten Bauch, wo er heranwachsendes Leben erfühlen sollte. Allein er spürte nichts, obwohl sie bereits im vierten Monat mit einem Kind schwanger ging. Letzteres war ihm ebenso wenig vertraut wie die Tatsache, dass er gar nicht der Vater sein konnte, was sie ihm willentlich vorenthielt.
Anscheinend war sie davon überzeugt, dass von all ihren Liebhabern Mario noch die beste Wahl wäre. Nach genaueren Überlegungen hatte sie besonders ihm eine stabile Partnerschaft und gegebenenfalls auch eine behagliche familiäre Atmosphäre zugetraut. Ihr Geheimnis würde sie aber fortwährend streng für sich behalten, um seine beflügelnde Zuneigung nicht zu gefährden.

Die Weihnachtzeit näherte sich rasant, und beide waren sich einig, die bevorstehenden freien Tage getrennt im jeweiligen Elternhaus zu verbringen. So fuhr Cindy nach Barsinghausen, unweit von Hannover, während Mario mit einer frohen Botschaft erwartungsvoll die heimatlichen Gefilde aufsuchte.

Seine Meißner Großeltern wohnten ebenfalls auf dem Ratsweinberg, nur fünf Häuser entfernt vom Haus der Eltern. Sie genossen ihr Rentnerdasein in vollen Zügen und hatten auch allen Grund dazu, denn beide konnten je achtundvierzig Jahre Berufstätigkeit nachweisen. Von den üblichen Altersbeschwerden mal abgesehen, über die sie niemals klagten, spielte auch ihre Gesundheit noch zufriedenstellend mit. Ihnen ging es also richtig gut, nicht zuletzt auch deshalb, weil ihr Verhältnis zu den Verwandten und namentlich zum nunmehr einzigen Enkelkind Mario seit jeher ein sehr herzliches war. Auch der vielfach bewährte Freundeskreis, den sie sorgsam pflegten, beflügelte sie zu erfrischenden Unternehmungen. Dabei verfestigten sich im Laufe der Zeit auch bestimmte Gewohnheiten, denen sie gerne nachkamen. So traf sich Marios Oma Helga regelmäßig jeden Mittwochnachmittag mit drei anderen Frauen in einer gemütlichen Kaffeestube, um dort gemeinsam wenigstens zwei Stunden lang Rommé zu spielen und selbstredend auch den leiblichen Genüssen ausgiebig zu frönen.

Ihr Mann fuhr sie mit dem Auto hin und holte sie nach einem kurzen Telefonat auch wieder dort ab.

Die Zwischenzeit gehörte ausschließlich seinem Enkel Mario, der seinen gütigen Opa seit früher Kindheit stets voller Erwartungen besuchte. Dabei ging es nicht etwa um lauter Jux und Tollerei, sondern überwiegend um ernsthafte Gespräche.

Das war jedenfalls früher so, als Mario noch bei seinen Eltern in Meißen wohnte, bevor er zum Studium nach Heidelberg ging.

An seinem innigen, sehr vertraulichen Verhältnis zu seinen Großeltern, vornweg zum Opa Paul, sollte sich auch künftig nichts ändern. Deshalb ist es überhaupt nicht verwunderlich, wenn Mario im privaten Zweiergespräch, quasi unter vier Augen, zuerst ihm die freudige Mitteilung machte, dass er bald selbst Vater werde, indem er sagte:

„Mein lieber Opa, jetzt wirst du bestimmt erstaunt sein, was ich dir anvertraue. Eine wunderbare Freundin, die ich sehr liebe, bekommt nämlich ein Kind von mir. Es dauert zwar noch eine Weile, bis sie entbinden wird, doch wir sind beide voller Erwartung und glücklich."

Der betagte Mann nahm die Botschaft fast regungslos zur Kenntnis, was Mario ziemlich verwunderte, denn er hatte einen sonnigen Ausruf erwartet, am ehesten sogar Segenswünsche. Doch nichts dergleichen. Sein Großvater blieb schweigsam. Stattdessen bildeten sich zusehends Sorgenfalten auf seiner Stirn, worauf Mario glaubte, nähere Erklärungen wären angebracht, die er wie folgt hinzufügte:

„Es würde mir sehr leidtun, lieber Opa, falls du es als eine Schreckensnachricht empfindest. Ich wollte gewiss nicht mit der Tür ins Haus fallen, um dir womöglich Kummer zu bereiten. Das liegt mir fern, du glaubst mir doch?", fragte er schon beinahe kniefällig.

Nach einer weiteren Pause entgegnete sein Großvater betrübt: „Ach, mein lieber Junge, ich vernehme mit großer Sorge, dass dein Papa dir immer noch nicht schonend beibrachte, was dir einst widerfuhr und welche Nachwirkungen es höchstwahrscheinlich hat. Das schmerzt mich sehr."

Es folgten mehrere Atemzüge abgrundtiefer Betroffenheit und beidseitigen Schweigens, bis Mario sich endlich aufraffte, um zu fragen: „Was meinst du, Opa? Ich verstehe kein Wort! Bitte kläre mich auf! Sage mir, worum es überhaupt geht! Und was hat die geheimnisumwobene Sache mit meiner bevorstehenden Vaterschaft zu tun?"

In fieberhafter Ungeduld wartete Mario auf die Reaktion seines Großvaters, dessen Gesicht sich stark rötete und fürchterlich bedrückt wirkte, zumal sich die Sorgenfalten noch weiter vertieften. Aber der bis ins Mark getroffene Greis schüttelte nur ungläubig und verzagt den Kopf.

Wie sollte er dem hoffnungsfrohen Jungen beibringen, was dessen Vater bisher streng für sich behalten hatte? Doch er kam wohl nicht mehr umhin, seinem überaus geliebten Nachfahren endlich die Wahrheit zu sagen, ihn mit einem viel zu lange behüteten Geheimnis vertraut zu machen.

Mühsam hob er an und offenbarte Mario schweren Herzens folgenden Sachverhalt:

„Gut, ich übernehme die Verantwortung! Jetzt musst du sehr tapfer sein, mein Junge, denn es wird dich wie eine Hiobsbotschaft treffen, was ich nun verkünde. Du kannst nämlich gar nicht der Vater des Kindes sein, welches deine Freundin erwartet, selbst wenn sie noch so ungeschminkt den Mutterfreuden entgegensieht, weil du fatalerweise nicht zeugungsfähig bist. Dieses furchtbare Leid hat dir eine tückische Krankheit zugefügt: Mumps, auch Ziegenpeter genannt."

Als Mario einigermaßen begriff, was ihm soeben enthüllt wurde, sah er sich vom Schicksal gleich doppelt betrogen, sowohl eines bedeutenden Teils seiner Manneskraft beraubt als auch von Cindy hintergangen. Zwei höchst brutale Schläge auf einmal!

Das veranlasste ihn zu jenem Aufschrei, der ihn fortan auf düstere Weise begleitete: „O, mein Gott, was hast du mir nur angetan? Wofür habe ich eine solch harte Strafe verdient?"

Er konnte es einfach nicht fassen, was ihm widerfuhr, denn er hatte bereits seit früher Jugend die feste Absicht gehegt, zur gegebenen Zeit eine eigene Familie zu gründen. Dieses Vorhaben lag ihm besonders am Herzen. Und nun eine solche Unglücksmeldung!

Bestürzt über Marios spontane Verzweiflung, ergriff sein besorgter Großvater erneut das Wort und sagte: „Ich weiß, das ist tragisch für dich, mehr als nur bedauerlich, doch leider nicht zu ändern. Darum solltest du mit deinem Schicksal nicht hadern, wie hart es auch zuschlägt. Glaube mir, es gibt noch viel Schlimmeres, das uns jederzeit heimsuchen kann", worauf er Mario in beide Arme nahm und lange festhielt.

Sonach wollte der niedergeschmetterte Enkelsohn mehr darüber erfahren, was ihm einst zugestoßen war und warum seine Eltern alles für sich behalten hatten, statt ihn mit dem verhängnisvollen Sachverhalt beizeiten vertraut zu machen, dass sein sehnlichster Wunsch, mal eigene Kinder zu haben, niemals in Erfüllung gehen würde.

Der Großvater antwortete zwar recht zögerlich, aber hinreichend sachkundig, indem er sagte:
„Du wirst dich sicher noch gut daran erinnern, als dich mit fünfzehn Jahren, kurz nach deiner Pubertät, eine Viruserkrankung befiel, gegen die nicht nur du arg zu kämpfen hattest.
Sie begann mit leichtem Fieber, Müdigkeit, Kopf- und Magenschmerzen. Danach waren innerhalb von drei Tagen die Ohrspeicheldrüsen angeschwollen, und es folgten dicke Hamsterbacken mit höllischen Schmerzen. Bei dir wurden vierzig Grad gemessen.
Urplötzlich gab es für deine Eltern als Ärzte keinen Zweifel mehr, dass du von Mumps infiziert warst, obwohl man dich beizeiten dagegen geimpft hatte. Doch anscheinend schlug das Immunserum nicht an. Umso schlimmer verlief deine Ansteckung. Du hattest nicht nur heftige Schmerzen beim Kauen und

Schlucken, sondern auch im Bauchraum, was über schauderhafte Krämpfe immer wieder zum Erbrechen führte.

Du kannst dich gewiss noch entsinnen, was damals ablief. Aber die wirkliche Tragik verursachte erst die sogenannte Mumps Orchitis, da beide Hoden befallen und stark entzündet waren. Das führte schließlich zu deiner Unfruchtbarkeit.

Was haben deine Eltern nicht alles getan und versucht, bis sie unausweichlich und niederschmetternd zur Kenntnis nehmen mussten, in deinem Fall am Ende ihres Lateins zu sein!"

Mario konnte kaum glauben, was ihm sein Opa Paul soeben schweren Herzens offenbarte, und er stellte hierauf gleich noch eine Frage, die ihm besonders wichtig schien: „Ja, ich verstehe, doch warum haben sie das für sich behalten und mich nicht eingeweiht, wenn sie sich schon damals so sicher waren, dass ich niemals würde Kinder zeugen können?"

Sein Großvater, stets um Redlichkeit bemüht, sah sich außerstande, ihm darauf eine klare Auskunft zu erteilen. So antwortete er spürbar verunsichert:

„Ach, mein armer Junge, es schmerzt mich zu sehen, wie du jetzt leidest, aber ich kann nur mutmaßen, dass deine Eltern den Praxistest abwarten wollten, um hundertprozentige Sicherheit über den Sachverhalt zu haben. Auch wenn sie wussten, dass sich an der fatalen Diagnose nichts mehr ändern wird, richtete sich ihr Verhalten wahrscheinlich nach dem Leitspruch, dass die Hoffnung zuletzt stirbt.

Vielleicht fürchteten sie obendrein um dein Selbstvertrauen, denn es musste auch noch mit einer sexuellen Schwäche gerechnet werden, wovon Betroffene häufig extra geplagt sind. Das ist bei dir Gott sei Dank nicht eingetreten, wie ich deinen Verlautbarungen längst und stets mit großer Freude entnehmen konnte. Sei froh darüber, wenigstens davon verschont geblieben zu sein, wie hart es dich auch immer treffen mag, nicht zeugungsfähig zu sein. Und bedenke, auch Niederlagen können uns stärken!

Im Übrigen gibt es viele junge Frauen mit Kindern, jedoch ohne feste Partner, darunter gewiss auch besonders liebenswerte Persönlichkeiten. Suche dir zur gegebenen Zeit eine von ihnen, und du wirst eine glückliche Familie haben! Ich wünsche es dir von ganzem Herzen!

Deine Mutter kannst du ja leider zur Begebenheit nicht mehr befragen, den Vater hingegen schon. Das solltest du auch umgehend, aber möglichst achtsam tun, denn ich vermag mir nicht vorzustellen, dass man ihm in der Sache unlauteres Verhalten anlasten könnte. Außerdem empfehle ich dir, ohne großen Zeitverzug dein Sperma doch noch klinisch untersuchen zu lassen. Das ist zwar unangenehm, gibt dir aber endgültige Gewissheit, auch hinsichtlich der merkwürdigen Beteuerung deiner Freundin Cindy. Doch erwarte in beiden Fällen kein erfreuliches Resultat, umso größer wäre nämlich deine nochmalige Enttäuschung. Bleibe tapfer, mein Junge!"

Anscheinend glaubte sein Opa, er müsse mit Blick auf Marios aktuelle Liebschaft unbedingt noch etwas hinzufügen, denn er sagte mahnend:

„Und merke dir, Frauenlist kann mitunter äußerst heimtückisch sein. Männer benutzen andere Waffen. Die sind nicht minder abscheulich. Aber hüte dich vor Weibsbildern, deren Denken und Tun dir gänzlich unberechenbar begegnet!"

Mario befolgte zunächst strikt die gutgemeinte Empfehlung seines Großvaters und ließ sich bereits zwei Wochen später in einer Dresdener Spezialklinik auf seine Zeugungsfähigkeit untersuchen. Es kam zum erwarteten und gleichermaßen befürchteten Ergebnis.

Noch im selben Monat stellte er deutlich verärgert Cindy zur Rede, warum sie ihm ein Kuckuckskind unterschieben wollte.

Sie meinte, das wäre gar nicht ihre Absicht gewesen. Es hätte sich eben gerade so ergeben. Und sie sei zuversichtlich, dass Mario der beste Vater sein werde, den sie sich denken könne. Mit seinem Vorgänger habe sie nichts mehr im Sinn, denn der wäre ein Suffkopf und Halunke, was sich gottlob beizeiten offenbart hätte. Deshalb wäre sie überaus glücklich gewesen, Mario kennengelernt zu haben. Und inzwischen hätten sie doch auch viele wunderschöne Stunden miteinander verbracht, die sie keineswegs missen möchte, auch und besonders in sexueller Hinsicht nicht. Mit ihm könne sie sich jedenfalls eine herrliche Zukunft vorstellen.

Mario hörte sich ihre Äußerungen zwar geduldig an, vermochte aber nicht, sie vorbehaltlos zu teilen, denn er sah sich von ihr hintergangen. Das wiederum empfand er als eine denkbar schlechte Grundlage für eine verlässliche Partnerschaft und spätere Familie, was er ihr gegenüber auch sogleich einfühlsam kundtat.

Er sei keineswegs völlig abgeneigt, sich gegebenenfalls mit einer Frau zusammenzutun, die bereits ein Kind oder auch mehrere mitbringe. Das wäre für ihn kein nennenswertes Problem, sofern die Chemie stimme. Allein ihr betrügerisches Verhalten störe ihn kolossal. Nicht zuletzt das wollte er ihr sogleich taktvoll beibringen.

Ungeachtet dessen verlor das Zwiegespräch zusehends an Sachlichkeit, weil Cindy sich kaum noch beherrschen konnte und Mario als einen Egoisten beschimpfte, da er nur an sich denke und keinerlei Verantwortung übernehmen wolle. Auch seine Liebe zu ihr wäre vorgegaukelt. Schließlich geriet sie derart in Rage, dass der unflätig Gescholtene schon begründet fürchtete, eine unberechenbare Furie vor sich zu haben. Das gereichte ihm endgültig zur Flucht.

Nie zuvor hatte Mario in natura eine so hässliche Szene miterlebt, allenfalls in Filmen oder bei Theater-

138

aufführungen. Aber die hatten ihn nicht annähernd derart stark berührt und abgeschreckt.

Damals fasste er den Vorsatz, sich niemals wieder auf solcherlei Auseinandersetzungen mit einer Frau einzulassen, was da auch immer kommen möge.

Unglücklicherweise wurde er darin bereits durch die nächste Begegnung mit einer reizenden Lady bestärkt, weil ihre vermeintliche Liebschaft einen ähnlich dramatischen Schluss fand, was sich wie folgt abspielte:

Einige Wochen nach jenem unvergesslichen Vorfall entschloss sich Mario, an einer Stadtrundfahrt in Heidelberg teilzunehmen, um seinen Studienort besser kennenzulernen. Und wie es das Schicksal wollte, empfand er die gerade im Dienst befindliche junge Dame samt ihren hinreißenden Erklärungen im Nu als unwiderstehlich, zumal er ganz in ihrer Nähe einen Sitzplatz im Bus ergattern und sie fortwährend aufmerksam beobachten konnte.

Da es am selbigen Tag ihr letzter Einsatz war, verabredeten sich beide zum gemeinsamen Abendessen in einer naheliegenden Gaststätte. Schnell entfachte sich eine gegenseitige Zuneigung, und man befand sich schon kurz darauf in der Behausung der redegewandten Stadtführerin, die um einige Jahre älter war als Mario, was ihn nicht hinderte, sich möglichst näher mit ihr einzulassen. Dieses Vorhaben zerschlug sich jedoch binnen denkbar kurzer Zeit.

Bereits auf dem Wege dorthin, sie fuhren etwa zwanzig Minuten mit ihrem Auto, einem Renault Clio, empfand Mario ihr anhaltend sehr lautes Sprechen als ziemlich unangenehm. Das sei wahrscheinlich ihrer Berufstätigkeit geschuldet und würde sich in der Privatsphäre gewiss bald geben, tröstete er sich. Doch seine Hoffnung erfüllte sich nicht. Ihre Stimme kam weiterhin aus voller Kehle, als müsste sie immer noch eine große Zuhörerschaft unterhalten.

Weit abstoßender wirkte auf ihn hingegen gleich der erste Eindruck, als er sich in ihrem Wohnzimmer umsah. Von wegen nüchtern eingerichtet und auf das Wesentliche beschränkt, wie er es mochte und schätzte, dazu ordentlich und sauber, ohne penibel zu sein. Nichts dergleichen!

Eine reichliche Portion Freizügigkeit war ihm zwar wesenseigen, doch was er da zu Gesicht bekam, überschritt deutlich sein Verständnis für ein vorurteilfreies Entgegenkommen. Ihm begegnete vollends unerwartet ein maßloses Durcheinander vielerlei Dinge, das reinste Sammelsurium, ähnlich einem unaufgeräumten, planlosen Materiallager.
Mario sah sich außerstande zu begreifen, wie eine Person, gut aussehend und gebildet, was sie fraglos war, sich in einem derartigen Chaos wohlfühlen konnte. Ob sie womöglich von einer Art krankhafter Ramschsucht befallen war?
Wie dem auch sei, für Mario war jedenfalls eine solche häusliche Umgebung schlichtweg unerträglich, einfach nicht mehr zu tolerieren. Ihm verging auch

prompt jegliche Lust auf eine Romanze mit der jungen Frau.

Sonach zeigte er sich aufrichtig bemüht, seiner frischen Bekanntschaft schonend beizubringen, dass er an weiteren Begegnungen mit ihr nicht interessiert sei, was er auch hinreichend sachlich begründete, indem er behutsam darauf verwies, dass ihn eine solche Unordnung regelrecht abschrecke.

Mit ihrer unglaublichen Reaktion hatte er allerdings nicht im Entferntesten gerechnet.

Sie erwies sich postwendend als unerhört hysterisch, indem sie Schimpftiraden nahezu biblischen Ausmaßes entfachte. Im Vergleich dazu war Cindys Tobsucht trotz ihrer ätzenden Äußerungen noch leichte Kost gewesen.

Was er sich einbilde, sie über Geschmack belehren zu wollen. Das habe sich noch kein anderer erlaubt, war ihre schroffe Entgegnung.

Sie fühle sich in ihrer Einrichtung pudelwohl und werde auch künftig nichts daran ändern.

Aber das war erst der Auftakt ihrer Erwiderung. Sie steigerte sich zusehends in Rage und belegte Mario lauthals mit Worten aus der Gossensprache. Daraufhin versuchte er langmütig, sie halbwegs zu beruhigen. Auch bat er um Verzeihung, falls er sie ernsthaft beleidigt habe, was ja eindeutig so war. Doch sie wurde umso gehässiger und beschimpfte ihn unablässig in einer Weise, wie Mario es nie zuvor erlebt hatte. Ihre Entrüstung glich einem brodelnden Vulkan.

Er begriff erstmals, dass es im Leben eines Menschen durchaus mal zu Situationen kommen kann, wo er den anderen am liebsten für immer zum Schweigen bringen möchte.
Sogleich erinnerte er sich an die einstige Äußerung von Sabine Blume: „Das Tier wohnt in uns!"

In derartigen Situationen ist vor allem eiserne Beherrschung gefragt. Der unfassbar Geschmähte baute auf sein Naturell: Er suchte flugs das Weite.
Selbstredend bereute er zutiefst, überhaupt mit Cindy angebändelt zu haben und noch viel mehr seine törichten Äußerungen, mit denen er sie verletzt hatte, ohne es zu wollen. Das sollte zeitlebens eine unumstößliche Lehre bleiben.

Infolge jugendlicher Unbefangenheit konnte Mario freilich nicht wissen, dass sich in besagten Fällen bei Weitem nicht alle Evastöchter so extrem verhalten, wie er es kurz hintereinander gleich zweimal durchleiden musste.
Obwohl sein Meißner Opa nichts unversucht ließ, ihn auch in solchen Belangen aufzuklären, wirkten eigene Erfahrungen doch nachhaltiger als tausend Worte.

Damals fasste er den Entschluss, sich unter keinen Umständen jemals wieder um eine Begründung zu bemühen, falls er das Verhältnis zu einer Partnerin aus für ihn stichhaltigen Anlässen beenden wollte.

Seither sind viele Jahre verflossen. Er hielt sich beharrlich an seine Regel, wie absonderlich sie auch immer sein mochte.

X

Ein schrilles Telefongeläut riss Mario aus seinen Erinnerungen. Er legte sein Notizbuch zur Seite, blickte
auf die Uhr und sah, dass der kleine Zeiger bereits
kurz vor neun stand. Wer mag denn so spät noch an-
rufen, schoss es ihm durch den Kopf, bevor er zum
Hörer griff.

Es meldete sich Yvonne Zander, um mit unverkennbar lüsterner Stimme zu fragen, ob er denn noch Lust
hätte, sie möglichst gleich zu besuchen. Es stehe nun
für einen sofortigen Empfang ihres heißbegehrten
Lieblings hoffentlich auch bei ihm nichts mehr im
Wege. Sie freue sich riesig auf ihn und sei voller Zuversicht, dass er auch schnell kommen werde, sofern
er sich umgehend einen gemeinsamen Höhenrausch
wünsche. Mit brennender Sehnsucht erwarte sie ihn
spätestens gegen zweiundzwanzig Uhr.

Das machte ihn deshalb sehr betroffen, weil er gar
nicht mehr damit gerechnet hatte, zumal sie ihre frü-
here Zusage, ihn wegen des vereinbarten Treffens
unbedingt noch vorher anzurufen, nicht einhielt.

Andererseits wäre es ihm echt unangenehm gewesen,
selbst beizeiten zum Hörer zu greifen, denn er wollte
keinesfalls aufdringlich erscheinen.

Ziemlich überrascht von der jähen Wendung überlegte Mario mehrere Sekunden lang, ob er denn zusagen sollte. Immerhin war ihm mittlerweile klargeworden, dass ihr Tun und Lassen vermutlich kaum jemand im Voraus berechnen konnte. Insofern erwies sich das Zusammensein mit ihr stets als ein Hasardspiel mit ungewissem Ausgang, dem freilich auch ein bestimmter Reiz innewohnte.

Doch es herrschte gerade das beliebte Wochenende. Und am Montag begannen außerdem die Ferien. Also brauchte sich Mario wegen eventueller Dienstpflichten am folgenden Tag nicht zu sorgen, denn es gab keine. Er sagte ihr verbindlich zu, in etwa fünfzig Minuten bei ihr zu sein.

Dass er wahrscheinlich eine ganze Nacht mit Yvonne verbringen würde, war ihm hinlänglich vertraut. Ihr erotisches Verlangen schien ebenso unersättlich wie die praktische Vielfalt ihrer sexuellen Befriedigung. Indessen konnte Mario nicht ahnen, was mit ihm während der nächsten Stunden geschehen würde, obgleich er gerade im Hinblick auf Liebesaffären nicht zu knapp über persönliche Erfahrung verfügte. Ungeachtet dieser bemerkenswerten Tatsache war ihm die entzückende Schauspielerin in solchen Belangen durchweg überlegen.

Mario war pünktlich zur Stelle, umarmte und küsste leidenschaftlich seine ungemein bezaubernde Yvonne,

die ihn bereits splitternackt und voller Inbrunst empfing. Es brauchte nur wenige Minuten, bis sich beide
vollends in Amors Reich befanden. Sie stillten ausgiebig und kräftezehrend ihr maßloses Verlangen nach
einem heißen Liebesakt.

Ziemlich erschöpft, jedoch überaus zufrieden mit der
einstweiligen Befriedigung der Fleischeslust gönnte
sich das triebhafte Pärchen vorübergehend eine er-
holsame Pause auf dem Doppelbett im angenehm
temperierten Schlafzimmer. Lange währte es allerdings nicht, bis Yvonne sich erhob, zur Dusche lief,
um sich abzubrausen. Schon kurz danach vollzog Mario das Gleiche. Anschließend stärkten sie sich mit einem leckeren Imbiss, tranken dazu kühles Bier und
genossen weiterhin entkleidet ihre glückselige Zweisamkeit. Dabei überkam Mario allmählich der Gedanke, dass seine Gespielin noch etwas Außergewöhnli-
ches mit ihm vorhatte, denn so verräterisch wirkten
ihre lüsternen Blicke. Und er sollte sich nicht irren!

Schließlich streichelte Yvonne mit ihren Fingerspitzen
gezielt, aber zartfühlend Marios Handflächen und
sagte: „Mein Held, es ist jetzt wohl an der Zeit, dass
wir gemeinsam eine auserlesene Stätte aufsuchen.
Bisher habe ich dir meinen verborgenen Ort absichtlich vorenthalten, weil ich dich unbedingt erst näher
kennenlernen wollte. Nun bin ich aber frischen Mutes, dich mit einer Spezialität der Liebeskunst vertraut
machen zu dürfen. Sie wird dir bestimmt gefallen."

Marios Neugierde war geweckt. Seine Vermutung, eine besondere Überraschung stünde ihm unmittelbar bevor, sollte sich erfüllen, und zwar in einem Maße, dass ihm schon bald Hören und Sehen verging.

Yvonne packte ihn fest an der Hand und lief mit ihm bedächtig zu einem gesonderten, noch verschlossenen Raum innerhalb der Wohnung. Sie nahm aus einer nahe befindlichen Schale einen goldfarbenen Schlüssel zur Hand und öffnete geheimnistuerisch die Tür zu ihrem erklärten Juwel, wobei sie Mario auffällig prüfend beobachtete.

Doch er zeigte sich keineswegs fassungslos beim ersten Anblick der Einrichtung, eher ein wenig verwundert darüber, was Yvonne mit ihm beabsichtigte. Zwar hatte er bis dahin niemals derlei Gegenstände persönlich zu Gesicht bekommen, aber seine Vermutung war richtig, womit ihn die Sexbesessene noch vertraut machen wollte.

Leicht verunsichert betrachtete Mario die Folterkammer samt ihrer recht eigenwilligen, jedoch übersichtlich geordneten Ausstattung. Ihm schwante, zu welch Verrücktheiten Yvonne Zander fähig war, um ihre fast unersättliche Geilheit zu stillen, wenn auch jeweils nur vorübergehend.

Kaum hatte er seine misstrauische Überlegung verinnerlicht, sah er sie bereits in die Rolle einer wagemutigen Domina geschlüpft, während er noch im Adamskostüm dastand und ziemlich verblüfft dreinblickte.

Was mag sie nur mit mir vorhaben, fragte er sich zaghaft. Er benötigte doch nicht das Geringste an sadistischen Handlungen, wie es Masochisten wünschen, um sexuell erregt zu werden. Hierfür brauchte er bislang auch keinerlei potenzsteigernde Medikamente. Weder Viagra noch Cialis oder Levitra und erst recht nicht Androskat, wie es viele Callboys und Pornodarsteller regelmäßig zu sich nehmen, um durchzustehen, bis die erhofften obszönen Darbietungen erfolgreich gemeistert sind.

Oder ergötzt sich vielleicht Yvonne an derlei abartigen Spielchen, war seine nächste Überlegung. Die Antwort sollte nicht lange auf sich warten lassen. Doch einstweilen nahm sie ihn fest an der Hand, denn sie beabsichtigte, ihm die Vielfalt der Utensilien zu erklären.

Das Zimmer hatte eine Größe von ungefähr dreißig Quadratmetern, war mit einem Fenster sowie einer verglasten Tür, die zum Balkon führte, versehen und gedämpft beleuchtet. Nun betrachtete Mario auch gezielt von oben bis unten das überraschend neue Erscheinungsbild Yvonnes: Ihr Gesicht verbarg sich hinter einer kunstvollen Maske; der Hals- und Brustbereich blieb frei. Dann folgte ein sehr breiter Leibgürtel, während sich die Gesäß- und Schamflächen weiterhin entblößt darboten. Füße und Beine zierten lederne Stiefel, die fast bis zum Po reichten. Auch Hände und Unterarme waren verhüllt. Sämtliche Teile bekundeten sich ebenso auffällig in Schwarz wie die meisten Requisiten im Raum.

Für Mario erschien Yvonnes Darbietung als ein durchaus imposanter Anblick in ungemein verführerischer Aufmachung. Wahrhaft ein Teufelsweib, schoss es ihm wiederholt durch den Kopf, mal sehen, was da noch kommt. Paradiesische Momente hatte sie ihm ja schon mehrfach geboten. Die Hölle könnte ihm vielleicht bevorstehen, war seine Befürchtung, denn er hielt sie mittlerweile zu allem fähig.

Indessen führte ihn Yvonne weiter an der Hand und legte ihm die Funktion verschiedener Einrichtungsgegenstände dar. Mario lauschte aufmerksam den einschlägigen Erklärungen.
Zuerst standen sie vor drei recht merkwürdigen Kostümen, die an Wandhaken schwebten und mit durchsichtigen Folien bedeckt waren, um sie vermutlich gegen Staub zu schützen. Weil es sich um außergewöhnliche Bekleidungsstücke handelte, die von Mario wohl eigens deshalb leicht verwundert betrachtet wurden, fragte Yvonne, ob er denn wüsste, dass in Leipzig während der Pfingsttage alljährlich das Wave-Gotik-Treffen stattfindet.

Mario bejahte, denn er war zunächst anhand von Fernsehberichten eingehend darüber informiert worden. Zu dessen 25. Jubiläum im Mai 2016 hatte er das schaurige Geschehen sogar drei Tage lang direkt vor

Ort verfolgt. Es handelte sich immerhin um ein Festival, das in seiner Art und Größe als beispiellos galt. Eigens deshalb hatte er sich persönlich davon überzeugen wollen, was den Interessenten an Musik und extravaganter Mode geboten wurde. Schließlich möchten die einschlägigen Akteure ihr eigenes Leben zum Kunstwerk stilisieren, indem sie sich vom Massengeschmack und sonstig vorherrschenden Gepflogenheiten bewusst lossagen, dagegen die unheilvollen Seiten unseres irdischen Aufenthaltes, nämlich Endlichkeit und Tod, zweckdienlich aufgreifen und offenherzig zur Schau stellen.

Sämtliche Beteiligten verbinden die Farbe Schwarz sowie eine bildhafte Abkehr von den üblichen Daseinsformen menschlicher Existenz. Das bildet offenbar auch den gemeinsamen Nenner zwischen den abwechslungsreichen Darbietungen.

Jene überwiegend gespenstischen Szenen vermochten Mario allerdings nicht so zu begeistern, dass es ihn etwa danach gedrängt hätte, sich dazugehörig kostümiert und geschminkt in die Schar der selbst ernannten Gruftis einzuordnen, obwohl gerade die magische Atmosphäre des Totenkultes seit Längerem jeweils rund zwanzigtausend und in jüngster Zeit sogar noch mehr Besucher anlockte.

Ihn zog es jedenfalls garantiert niemals zu solchen Daseinsweisen, wenngleich man derlei öffentliche Auftritte vorbehaltlos gelten lassen sollte, denn es handelt sich nicht nur um eine aufsehenerregende

Kulturveranstaltung, sondern auch um einen bedeutsamen Wirtschaftsfaktor für Leipzig. Zudem finanziert sich das makabre Treffen von selbst, indem die Szenegänger zuletzt einhundertzwanzig Euro pro Person aufbringen mussten. Dementsprechend kommt eine beachtliche Summe zusammen, die ausreichen würde, um die mannigfachen Vergnügungen zu begleichen, denn Steuergelder oder sonstige Zuwendungen sind nicht vorgesehen.

Das war Marios Urteil zum Sachverhalt, geprägt durch eigene Anschauung als wissbegieriger Beobachter des exzentrischen Geschehens.

Yvonne hingegen betonte mit sichtlichem Stolz, bereits sechsmal aktiv dabei gewesen zu sein, was ihn freilich nicht im Geringsten überraschte. Dabei wies sie auf die ausgefallenen Kleidungsstücke und meinte, dass sie für den jeweils dreitägigen Auftritt gedacht seien. Sie liebe eben die Abwechslung, wobei sie spitzbübisch auf Marios kleinen Mann schaute und mit dem rechten Zeigefinger draufstupste, um dessen bereits sichtbare Erregung noch zu steigern.

Und schon hatte ihr Liebhaber Mühe, seinen wilden Burschen im Zaume zu halten. Der wäre nämlich gerne sofort ausgebüxt, um sich nochmals zu verlustieren. Genau darauf war Yvonne ebenso erpicht, nachdem sie erquickend beobachtet hatte, wie Mario anschwellend begierig auf ihre straffen Brüste und den nackten Unterleib blickte. Sonach ward Yvonne deutlich vernehmbar wieder von unbändiger Wollust befallen, was Mario sehr entgegenkam, denn bei ihrem

151

verführerischen Anblick drängte es auch ihn, sein aufwallendes Gemüt zu kühlen.

Demzufolge verzichtete die erneut von Fleischeslust Besessene abrupt auf weitere Diskussionen über das Leipziger Wave-Gotik-Treffen, fasste Mario abermals fest an der Hand, um ihn gezielt zu einem metallenen Gestell zu führen. Vorbei an einer Sexmaschine, welche sie ja angesichts ihres einsatzbereiten Lovers bis auf Weiteres nicht brauchte, und anderen einschlägigen Utensilien, die entweder frei im Raum standen, an den Wänden hingen oder sich in Regalen befanden, lief sie mit ihm direkt zu einem mit Leder bezogenen Bock, ähnlich dem Turngerät, aber niedriger.

Dort angekommen, äußerte Yvonne ohne Aufschub, indem sie Mario auffordernd ins Gesicht blickte: „Mein auserlesener Zuchthengst, jetzt will ich deine hörige Stute sein. Bespringe mich ordentlich, wie sich das für einen wackeren Besamer gehört! Reichlich feucht und heiß sind wir ja beide. Also frisch ans Werk, mein edler Recke!"

Dieses Verlangen brauchte Yvonne gewiss nicht zu wiederholen, nachdem sie sich auf dem Bock vornüberfallen ließ und ihren Po verlockend nach hinten schob, wobei sich ihr Heiligtum leicht öffnete. Kein halbwegs normal veranlagter Mann könnte einer solch urwüchsigen Einladung widerstehen und Mario Wolf erst recht nicht.

Als müsste er sich dennoch anspornen, trällerte er zum Beginn sogar Takte aus einem Lied, das früher sein Meißner Opa manchmal zu bestimmten Anlässen aus voller Kehle verkündete, in dem es heißt:

„Auf, auf zum Kampf! Zum Kampf sind wir geboren." Dabei ging Mario ziemlich wild und ausgiebig zur Sache.

Beim Erreichen des Höhepunktes genüsslich zu stöhnen oder andere Laute von sich zu geben, entsprach nicht seinem Naturell. Yvonne hingegen machte es umso deutlicher. Das empfand er als wohlige Bestätigung dafür, auch sie befriedigt zu haben.

Nach dem wechselseitig bekömmlichen Liebesakt umarmte und küsste Yvonne inbrünstig ihren Charmeur, der spürbar erschöpft wirkte. Daraufhin nahmen beide auf zwei in der Nähe befindlichen Drehhockern Platz, was einer möglichst schnellen Erholung dienen sollte, denn Yvonne sann noch auf besonders verstiegene Praktiken.

Mario nutzte die Gelegenheit, um sich im Raum umzusehen. Dabei entdeckte er mancherlei Dinge, die er teils mit Verwunderung zur Kenntnis nahm, weil er mit ihnen nichts anzufangen wusste, da er sie erstmals zu Gesicht bekam. Er richtete seine verstohlenen Blicke auf diverse Seile, Klammern, Ketten, Sextoys, Analplugs, des Weiteren Lederpeitschen mit Holzgriff, Rohrstöcke, Gerten und Teppichklopfer, Kopfmasken, Fetische, einen Gyn-Stuhl, Käfig und Strafbock. Sogar ein Andreaskreuz und ein Pranger befanden sich unter den Gegenständen.

Yvonne beobachtete ihn aufmerksam und vernahm dabei freudestrahlend, dass in seinem Kopf zusehends ein Menge Fragen kreisten, die sie gern beantworten wollte, bevor sie ihn zur „Behandlungsstation" geführt hatte, um spezielle Rollenspiele an ihm auszuprobieren.

Als Yvonne ihn vordem mit merkwürdigen Äußerungen zur Begattung aufforderte, sollte deren Gebrauch wahrscheinlich die Sexualhormone extra anstacheln, was ja über einschlägige Gedankenbilder häufig getan wird. Keineswegs meinte Yvonne das direkt im Sinne ihrer Worte, denn sie verzichtete absichtlich auf eigene Kinder, weil sie um ihre Freiheit fürchtete. Sie wollte eben ihre sexuellen Fantasien uneingeschränkt ausleben. Das war ihr Grundsatz.

Mario hätte sie ohnehin nicht befruchten können. Aber das blieb ihr verborgen, und er wähnte sich nicht im Entferntesten dazu veranlasst, es ihr gegebenenfalls vertraulich mitzuteilen, was auch nicht nötig war, weil Yvonne schon während ihrer Jugendphase die Entscheidung getroffen hatte, eigenem Nachwuchs zeitlebens zu entsagen.
Demgemäß musste sie sich gegen eine ungewollte Schwangerschaft zuverlässig schützen. Statt fortwährend Antibabypillen zu schlucken, begab sie sich als junge Frau zu einem Privatinstitut nach Prag, wo man ihr die Gebärmutter entfernte. Seither betrieb sie ei-

nen höchst eigenwilligen Lebenswandel. Und wehe dem, der leichtgläubig in ihre Fänge geriet, wenn sie mal wieder vom Leibhaftigen besessen schien!
Mario stand eine derart verhängnisvolle Pferdekur unmittelbar bevor.

Doch zunächst drehte er, noch voller Neugier auf seinem Hocker sitzend, weiterhin sanft die Runde und staunte nahezu ungläubig, was Menschen alles erfinden und tun, um ihre teils perversen Wünsche zu erfüllen. Wahrlich arg verschrobene Kronen der Schöpfung! Dabei braucht es doch so wenig zum Glückichsein, war seine Auffassung.

Unterdessen begann Yvonne, bestimmte Zusammenhänge ihrer ungewöhnlichen Tätigkeit ausgiebig zu erläutern, was Mario mit großem Interesse verfolgte. Dabei verriet sie offenherzig, dass es im Studio nur in Ausnahmefällen zum Geschlechtsverkehr mit einem ihrer Kunden käme. Der erotische Kontakt fände vorwiegend im Kopf statt und ziemlich selten als echter Sex, denn die Chemie müsse schon stimmen.
Sie habe ihre bizarre Leidenschaft neben der Schauspielerei bereits vor einigen Jahren zum Beruf gemacht und biete seither den einschlägig veranlagten Personen gegen Bezahlung sadistische Praktiken in mannigfacher Richtung, allerdings nur im schwarzen Bereich. Vom weißen Wirkungskreis lasse sie bewusst die Finger, weil dort medizinische Kenntnisse vorausgesetzt würden, über die sie bisher leider nicht verfü-

ge. Deshalb dürfe sie zum Beispiel keinerlei Doktorspiele anpreisen. Aber sie habe dennoch genügend Kunden, von denen sie übrigens pro Stunde zweihundert Euro verlange.

Gleichwohl böten ihr nicht wenige ihrer „Sklaven" zuweilen ein Entgelt von bis zu fünfhundert und vereinzelt sogar eintausend Euro.

Sie war offenbar eine gefragte Domina, die vielfach erwünschte Herrin der schmerzvollen Lust, und fühlte sich pudelwohl in ihrem angeblich unanständigen Gewerbe, welches im Übrigen strengen Kontrollen unterliegt, besonders hinsichtlich Ordnung und Sauberkeit. Hierauf würde sie aber großen Wert legen, denn hygienisch einwandfrei müsse ihrer Meinung nach alles sein. Dafür habe sie allerdings einen Herrn mittleren Alters gewonnen, den sie weit über Gebühr bezahle, damit er zuverlässig arbeite und schweige.

„Und sonst nichts?", fragte Mario verschmitzt, worauf Yvonne unter lüsternen Blicken antwortete: „Ach, du vorwitziger Erzschelm, lass das mal meine Sorge sein!"

Dann fuhr sie ebenso aufreizend fort und erklärte: Das gesamte Sadomaso-Zubehör diene allein dazu, die oftmals widernatürlichsten Sexfantasien ihrer Klienten durch Auspeitschen, Fesseln, Stromstöße und ähnliche Aktivitäten wenigstens vorübergehend zu stillen. Und nun dürfe auch er sich eine gehörige Kostprobe davon zu Gemüte führen.

Mario befielen zwar spontan ernsthafte Zweifel, ob ihm das wirklich gefallen werde, doch er folgte aus purer Neugier den Verlockungen des Unbekannten.

Ihm blieb ohnehin keine Zeit zum Nachdenken, denn Yvonne erfasste im Nu seine rechte Hand und führte ihn zu einem arg befremdlichen Stahlbett, welches sich in der Mitte des Raumes befand, quasi eine Art Zentrum allen Geschehens bildete. Sie wies ihn an, sich rücklings hinzulegen, was er noch anstandslos befolgte, wohl nicht ahnend, dass ihm seine leichtfertige Vertrauensseligkeit schon bald zum Verhängnis gereichen würde.

Yvonne begann erwartungsvoll damit, ihn zunächst an Händen und Füßen zu fesseln. Gleichzeitig erzählte sie hocherhobenen Hauptes, dass die Behandlungsstation, auf der er sich gerade befinde, eine Sonderanfertigung eigens nach ihren Wünschen sei. Allein deshalb wäre sie mit allen Raffinessen ausgestattet worden, wofür sie die stolze Summe von viertausendfünfhundert Euro hätte aufbringen müssen. Aber sie habe es bisher keineswegs bereut und das investierte Geld auch längst wieder reingeholt.

Mario vernahm zwar ihren Redefluss, verspürte jedoch deutlich ein Unwohlsein, weil er zunehmend befürchtete, Yvonnes Vorgehen könnte für ihn eventuell völlig außer Kontrolle geraten. Dessen ungeachtet ertrug er immer noch geduldig ihre Aktivitäten, wie merkwürdig sie auch sein mochten.

Yvonne legte genüsslich je einen Spannriemen über seine Brust und auf die Oberschenkel, die sie gleich darauf seitlich an der mehrfach verstellbaren Sklavenliege straff verankerte.

Sonach war Mario nahezu gänzlich festgeschnallt, nur seinen Kopf konnte er noch halbwegs bewegen. Er fühlte sich beängstigend eingeengt und zusehends seiner Kräfte beraubt. –

Endlich forderte er sie entschieden dazu auf, mit der Prozedur sofort aufzuhören, denn ihm missfiel derweil ihre Vorgehensweise.

Pustekuchen! Yvonne dachte gar nicht daran, ihr Vorhaben abzubrechen. Im Gegenteil: Sie griff zu einem Klebestreifen und verschloss ihrem hilflosen Opfer den Mund.

Das empfand Mario als Gipfel seiner Demütigung. Geradezu unerhört! Doch er konnte nichts dagegen unternehmen, war fortan absolut hilflos, ihren üblen Machenschaften vollkommen ausgeliefert.

Indem er sich wiederholt ungestüm streckte und reckte, um zu prüfen, ob er sich gegebenenfalls selbst von den Fesseln lösen konnte, reagierte Yvonne vorwurfsvoll: Er solle sich nicht so haben, andere Männer unterzögen sich freiwillig noch viel härteren Maßnahmen und genössen es sogar.

Während sie zielstrebig zu Werke ging, beobachtete Mario mit steigender Sorge bedrohliche Veränderungen in ihrem Antlitz: Ein strahlendes Lächeln belebte ebenso ihr Gesicht wie der frische Glanz in ihren Augen, wobei sie unentwegt mit ihrer Zunge spielte und verlockend die Lippen netzte.

Mario wurde mehr denn je mulmig zumute. Er ahnte, dass noch Schlimmeres folgen würde. So machte er sich bittere Vorwürfe, derart naiv gewesen zu sein, sich unbedarft auf Yvonnes absonderliche Praktiken eingelassen zu haben. Welch eine Dummheit!
Doch er war ihr mittlerweile durch unleugbar eigenes Verschulden mit Haut und Haaren ausgeliefert. Das würde er sich wohl niemals verzeihen, und eine herbe Lehre wäre es garantiert zeitlebens. Um keinen Preis der Welt würde er sich künftig derart leichtgläubig anderen Personen gegenüber verhalten. Auch seine notorische Neugierde würde er fortan konsequent zähmen, Hauptsache, er käme möglichst schnell und vor allem einigermaßen heil wieder aus seiner brenzligen Situation.
Danach sah es allerdings nicht aus. Bei alledem befand er sich nämlich erst im Vorhof zur Hölle. Deren Schlund konnte er bis dahin nicht sichten. Des Teufels Reich stand ihm also noch bevor.

Yvonne, überaus clever und erfahren, wie sie fraglos war, wusste genau, was ihre Beute fühlte und dachte. Doch Mitleid kannte sie nicht. Stattdessen machte sie emsig weiter, sogar mit vergnüglichem Schmunzeln, nachdem sie vernahm, wie sich Marios Pulsschläge und Atemzüge rasant erhöhten. Und Schweißperlen, offenbar infolge purer Angst, bildeten sich nicht nur auf seiner Stirn. Zudem verdrehte er fortwährend die Augen, stöhnte nicht minder ausdauernd laut und flehte anscheinend untertänig darum, endlich aus seiner Notlage befreit zu werden.

Yvonne vermochte er damit freilich nicht zu beeindrucken. Sein jämmerliches Gebaren, wie sie es eigennützig wertete, spornte sie eher noch dazu an, ihre sadistische Ader in der Rolle einer sattelfesten Domina bis zur Neige auszukosten, indem sie noch kaltblütiger als vorher wie folgt weitermachte:

Sie nahm eine dünne Plastikschnur zur Hand, schnitt ein Stück davon ab und wickelte es geschickt um Marios Hodensack. Während sie die Schlinge bedächtig festzog, beobachtete sie lustvoll ihren absolut chancenlos Leidtragenden, der angsterfüllt dreinschaute.

War sie inzwischen völlig von Sinnen? Wie vom Affen gebissen setzte sie ihr verbrecherisches Vorhaben absolut skrupellos fort.

Indessen verstärkten sich bei Mario die körperlichen und seelischen Schmerzen, die sie ihm willentlich zufügte, in solchem Maß, dass er schon beinahe in Ohnmacht sank. Im Stillen verfluchte er sie, noch mehr aber seinen Leichtsinn, ihren zwielichtigen Verlockungen gefolgt zu sein.

Wie naiv war ich denn, um nicht beizeiten begriffen zu haben, in welche Gefahr ich mich begebe, fragte er sich vorwurfsvoll.

Tiefe Wehmut befiel ihn.

Die Bestrafung hielt er fast schon als gerechtfertigt, freilich nicht wissend, was da noch geschehen könnte. Yvonne nahm die Wirkung ihres Handelns wonnevoll zur Kenntnis und griff nach einem winzigen Lederkoffer, in dem sich eine Vakuumpumpe mit entsprechendem Zubehör befand. Sie baute das Gerät flink zusammen, verwendete dabei einen Stauring im Durchmesser von nur fünfzehn Millimetern, stülpte die durchsichtige Röhre über Marios total schlaffen Penis und setzte den batteriebetriebenen Motor in Bewegung. Der begann zu surren, und Yvonne erhöhte im fieberhaften Sinnenrausch dessen Tempo, damit Marios kleiner Mann sich tunlichst schneller aufrichte, was auch zusehends geschah, wenngleich gegen seinen Willen.

Als das kriminell missbrauchte Wunderhorn schon eine beachtliche Größe erreicht hatte und Mario buchstäblich um sein Leben fürchtete, sah er plötzlich einen hochgewachsenen Mann mittleren Alters vor sich stehen. Bevor er vollends das Bewusstsein verlor, vernahm er noch halbwegs verständlich Yvonnes Worte: „Das ist meine Putzhilfe."

Was sich danach ereignete, hat er nicht mehr mitbekommen. Erst im erneuten Wachzustand sah er sich von allen Fesseln befreit.

Mario krümmte sich vor Schmerzen, hätte auch fürchterlich laut schreien können, vermied es aber schweißtreibend und biss lediglich die Zähne krampfhaft zusammen.

Yvonne und der stattliche Herr hatten sich anscheinend von ihm entfernt. Sie waren jedenfalls nirgendwo zu erblicken.

Das erschien Mario als eine hilfreiche Gelegenheit, sich davonzustehlen. Vielleicht war es von Yvonne auch gar nicht anders beabsichtigt. Wer durchschaut schon die Pläne eines Satansweibes?

Unter größter Anstrengung wälzte sich Mario von der Sklavenliege, suchte mühsam seine Kleidungsstücke zusammen und tappte schließlich wie ein Todkranker aus der für ihn unsagbar verhassten Folterkammer. Seine Kräfte waren vollkommen erschöpft.

Als er sich dennoch entschlossen heimwärts schleppte, musste er sich quasi selbst im Nacken sitzen und fortlaufend heftig antreiben, um überhaupt ans Ziel zu gelangen. So elend war ihm zumute.

Nie zuvor war er derart böse hintergangen und misshandelt worden. Er wähnte sich in seiner Ehre sträflich verletzt und sann bereits auf Rache. Aber dazu sollte es nicht mehr kommen.

Es hätten übrigens auch andere Männer, darunter namhafte Künstler, Politiker und Wirtschaftsbosse, ausreichend Gründe gehabt, sich bei Yvonne zu rächen, weil sie nicht minder schonend behandelt wurden als Mario, mitunter sogar noch martervoller.

Aber sie befanden sich selbstverschuldet in einer Zwickmühle, fürchteten um ihren Ruf, wollten nicht bloßgestellt werden, indem man vielleicht ihr bisweilen spektakuläres Sexualverhalten öffentlich preisgab. Das wäre ihnen furchtbar peinlich gewesen.

Sonach konnte Yvonne weiterhin ihre fragwürdige Veranlagung unbehelligt ausleben.

XI

Mario empfand das Geschehen als eine zum Himmel schreiende persönliche Katastrophe. Er war zwar generell hart im Nehmen, doch was Yvonne Zander ihm an Leid zufügte, übertraf alle bisherigen körperlichen und seelischen Verletzungen. Aber seine Niederlage wäre noch größer gewesen, wenn er tags darauf hätte zur Arbeit gehen müssen. Das war glücklicherweise nicht der Fall, denn es war ein Sonntag und überdies hatte er eine Woche Schulferien. Ergo konnte er sich umfassend seiner Genesung widmen, was er auch konsequent tat.

Am stärksten plagten ihn die Wunden und Schmerzen an seinen Geschlechtsteilen. Dennoch konnte er sich nicht dazu entschließen, einen Arzt aufzusuchen, obwohl er einen Urologen sogar persönlich gut kannte und zu ihm auch hohes Vertrauen hatte. Aber seine Geschichte empfand er als derart absonderlich und beschämend, dass er doch lieber selbst herumdokterte, als sie jemandem preiszugeben.

Mit der Zeit besserte sich sein körperlicher Zustand. Seelenschmerz und Bekümmertheit waren indessen nach wie vor deutlich spürbar.

Vor allem konnte er sich nicht verzeihen, gegenüber Yvonne so blauäugig gewesen zu sein, eine Dummheit, die ihm zum Verhängnis geworden war.

Doch ändern ließ sich daran nichts mehr. Allenfalls waren vernünftige Lehren für sein künftiges Verhalten abzuleiten. Er durfte fortan einfach nicht mehr blindlings seinem irren Trieb nach erotischer Abwechslung folgen!

Im Grunde genommen konnte man das ja auch bei nur einer Frau haben und gemeinsam mit ihr genießen. Es würde ohnehin eine Weile dauern, bis es ihn nach einer neuen Romanze drängte. Doch musste das überhaupt sein? Oder wäre es nicht besser, endlich den ausufernden Sexualtrieb zu bändigen?

Hätte er doch entschlossener auf Opa Pauls Ratschläge gehört, kam ihm verstärkt in den Sinn. Von ihm hatte er schon im Pubertätsalter mehrfach die Empfehlung erhalten, hinsichtlich angestrebter Liebesverhältnisse mit Frauen besonders vorsichtig zu sein. Es gäbe nämlich auch Weibsbilder, die nur danach strebten, die Blauäugigkeit vertrauensseliger Männer zu nutzen, um ihre teils fragwürdigen Neigungen jeglicher Art auszuleben. Wer einmal in deren Fänge geriete, könne ein Lied davon singen, was es heiße, Opfer der eigenen Dummheit zu werden. Er würde unweigerlich Spielball, wenn nicht gar höriger Sklave frauenhafter List und Tücke.

„Darum bleibe auch in solchen Belangen stets wachsam, mein lieber Junge!", hatte ihm sein Großvater wiederholt empfohlen. Und meist fügte er hinzu: „Natürlich gibt es auch unter Männern genügend Halunken, die keine Mittel scheuen, um ihre egoistischen Absichten durchzusetzen. Wer wollte das ernsthaft bestreiten? Aber das steht hier nicht zur Debatte, weil es momentan allein darum geht, dich vor möglichen Torheiten zu bewahren."

„Der hatte gut reden!", sinnierte Mario Jahre später infolge seiner maßlosen Enttäuschung durch Yvonne Zander, obwohl er sich dessen bewusst war, dass ihm nach gebotener Vorsicht die erbärmliche Lage erspart geblieben wäre. Da hatte sein Opa durchaus recht.

Aber der herzensgute Ratgeber vermochte anscheinend nicht vorauszusehen, dass ausgerechnet sein Enkelsohn vom nahezu unbändigen Sexualtrieb befallen sein würde. Wie könnte er sonach den zauberhaften Verlockungen des schönen Geschlechts beharrlich widerstehen?

Sein Großvater war gewiss anders veranlagt. Der hatte vor Kurzem mit seiner lieben Frau Helga schon die diamantene Hochzeit gefeiert. Wer schaffte das heutzutage noch, das sechzigjährige Ehejubiläum zu begehen? Er, Mario, wohl kaum, schwirrte es ihm durch den Kopf. Selbst wenn er unverzüglich heiraten würde, müsste er wenigstens fünfundneunzig Jahre alt werden, um das zu erreichen, was seine Großeltern vollbracht hatten.

Doch wie ist es überhaupt möglich, dass man es so lange mit nur einem Partner aushält, fragte er sich nahezu ungläubig.

Indessen konnte er sich gut daran erinnern, wie oft sein Opa behutsam versuchte, ihm aus seiner reichen Lebenserfahrung bestimmte Empfehlungen zu vermitteln. Dabei hatte er zuweilen auch über eheliche Konflikte gesprochen und wie man sie vernünftig bewältigt. So betonte der abgeklärte Senior gegenüber seinem Enkelsohn, dass wechselseitige Beschimpfungen in einer Partnerschaft generell tabu seien. Personen mit halbwegs Geist und Charakter würden das ohnehin nicht mögen, sondern auf einen fairen Umgang miteinander achten.

Zudem sei das laute Aufeinanderprallen unterschiedlicher Auffassungen noch lange kein schöpferischer Meinungsstreit. Den bräuchte es aber, um Spannungen, die zwangsläufig in jeder Zweisamkeit aufkommen, sinnvoll zu lösen. Man übe sich am besten im geduldigen Zuhören sowie gemäßigten Ton und strebe vor allem nach sachlichen Inhalten der Gespräche.

„Wer sich auf eine feste Beziehung mit einem Partner einlässt", kehrte Marios Opa nicht selten wörtlich heraus, „sollte wissen und beachten, dass lauter Gutmütigkeit und Anpassung einer lebendigen Partnerschaft ebenso abträglich sind wie Langeweile und Routine. Sie töten zuerst die Erotik. Was bleibt dann noch an Freude und Zuversicht?", fragte er augenzwinkernd.

„Im Übrigen habe ich oftmals den Eindruck, dass viele junge Leute heutzutage wenig bereit sind, Verantwortung zu übernehmen, Konflikte ebenso scheuen wie feste Bindungen. Sie wollen ihren Spaß haben. Das mag ihr gutes Recht sein. Doch eine gedeihliche und vor allem glücklich bleibende Partnerschaft ist damit nicht aufzubauen. Letztlich besteht unser aller Lebenssinn in erster Linie darin, aus der Zeit, die einem gegeben ist, das Beste zu machen. Das wiederum setzt voraus, auch bereit und fähig zu sein, sich in die Auffassungen anderer Menschen einzufügen, um sie zu begreifen.“, fügte der alte Mann noch hinzu.

Mario vermochte im Laufe der Jahre mehrere Ratschläge vom Opa Paul umzusetzen, einige hingegen nicht, vornehmlich in Bezug auf Frauenbekanntschaften. Der Geist zeigte sich manchmal willig, doch das Fleisch war schwach.
Obwohl seine Meißner Großeltern nicht kirchlich getraut wurden, hielten sie sich anscheinend an das Treueversprechen, in guten wie in bösen Tagen einander zu lieben, zu achten und zu ehren, bis der Tod sie scheidet. Sie waren und sind mit ihrer Schicksalsgestaltung jedenfalls weitgehend beseelt und zufrieden. Amors Lächeln sei ihnen auch künftig gegönnt!

Diese Überlegungen waren für Mario der Auslöser, alle seine bisherigen Liebschaften Revue passieren zu lassen, Vor- und Nachteile, Wunderbares und Verwerfliches herauszufiltern.

Verzichten wollte er keinesfalls auf amouröse Erlebnisse. Dafür war er den speziellen Reizen des weiblichen Naturells viel zu sehr zugetan. Auch war es ihm ein Herzensbedürfnis, die von ihm verehrte Dame jederzeit geziemend zu verwöhnen.

Andererseits wollte er auch fernerhin nur sich selbst gehören und sonst niemandem. Jedwede starke Einschränkung seiner Freiräume durch eine Partnerin würde ihm wohl auch in Zukunft unerträglich bleiben. Könnte ich denn auf Dauer überhaupt bindungsfähig sein, fragte er sich besorgt ...

Solche und ähnliche Sichtweisen schwirrten Mario durch den Kopf. Bei dergestalt eigenwilligen Gedankenspielen heftete sich sein Erinnerungsvermögen nahezu zwangsläufig an Sabine Blume. Die Erlebnisse mit ihr empfand er auch im Nachhinein als einzigartig. Von allen seinen Affären, und das waren inzwischen immerhin zweiunddreißig, war ihm keine so herzerwärmend im Gedächtnis haften geblieben wie das Zusammensein mit Sabine. Welch eine fabelhafte Frau! Was zum Teufel musste damals in ihn gefahren sein, sie auf geradezu ruchlose Weise im Stich zu lassen, indem er sich ohne jegliche Erklärung einfach davonmachte?

Mario war sich zwar darüber im Klaren, dass er Sabine durch seine entschlossene, jedoch ihr gegenüber mit keinem Wort begründete Flucht maßlos enttäuscht und gewiss auch verärgert, womöglich sogar ein emotionales Chaos bei ihr ausgelöst hatte.

Nicht ahnen, geschweige denn wissen konnte er hingegen, dass er infolge seines anstößigen Benehmens Herrn Chamäleon auf den Plan rief.

Seitdem waren knapp drei Monate vergangen.

Ob Sabine mein frevelhaftes Verhalten jemals verzeihen kann, fragte sich Mario in gedämpfter Hoffnung. Abgesehen vom bedauerlichen Ende war er doch stets aufrichtig bemüht gewesen, ihr glückliche Stunden zu bereiten, was sie auch dankend und voller Zuversicht sowie gleichermaßen entgegenkommend angenommen hatte.

Von ihr konnte er freilich nicht erwarten, dass sie jemals nach ihm suchen würde, denn solche Typen lässt man laufen, wohin sie wollen. Zugvögel lassen sich auch nicht aufhalten. Schließlich hatte er nicht den Mut aufgebracht, ihr ehrlich zu sagen, dass ihm seine persönliche Freiheit wichtiger war als eine Verpflichtung, die eine Partnerschaft nun mal mit sich bringt. Also stahl er sich feige davon. Wahrlich kein gutes Aushängeschild für einen Mann!

Andererseits war insbesondere das Verhältnis zu Sabine gewiss kein Strohfeuer gewesen, sondern tiefe Zuneigung, und je mehr Zeit davoneilte, desto stärker ward Marios Verlangen nach ihr.

Vielleicht sollte er doch wieder Kontakt zu ihr aufnehmen? Einen Versuch wäre es zumindest wert, kam Mario in den Sinn. Aber er durfte nicht mit der Tür ins Haus fallen, musste Vorsicht walten lassen.

Gleich morgen würde er sich aufs Rad schwingen und zu jener Verkaufsstelle fahren, wo er Sabine kennengelernt hatte, so war sein Entschluss. Vielleicht half ihm der Zufall, sie nochmals dort anzutreffen.

Es wäre fantastisch! Falls nicht, könnte er ja sein Bestreben jederzeit wiederholen. Irgendwann würde ihm Fortuna gewiss beistehen ...

Während seiner Überlegungen ward Mario von einer starken Müdigkeit übermannt. Er versank bald in einen tiefen Schlaf. Morpheus, Gott des Traumes, nahm ihn fest in seine Arme und verführte ihn zu einem höchst befremdlichen Geschehnis:

Er fuhr erwartungsvoll und frohen Herzens zum besagten Ort. Im Supermarkt nahm er sich viel Zeit, sah und griff nach Gegenständen, die er nicht brauchte, und legte einige davon sogar in den Einkaufswagen. Nach längerem Herumstöbern lief er saumselig zur Kasse, bezahlte den Einkauf und fuhr damit im Schneckentempo zum Fahrradständer, um die Ware auf seinem Drahtesel zu verpacken.

Sein leidenschaftliches Verlangen, Sabine anzutreffen, erfüllte sich nicht. Stattdessen stand plötzlich Herr

Chamäleon mit ungemein finsterer und anscheinend zu allem entschlossener Miene vor ihm.

Mario war perplex, verwirrt und sprachlos. Damit hatte er gar nicht gerechnet, obwohl eine solche Begegnung nicht minder wahrscheinlich war als das ersehnte Zusammentreffen mit seiner einstigen Geliebten Sabine Blume, eher noch näherliegend, wie sich später herausstellen sollte.

Beide schwiegen, blickten sich jedoch gegenseitig für einen Moment streng in die Augen. Schlagartig machte der Senior drei Schritte rückwärts. Noch überraschender brachte er seine Gehhilfe in die Waagerechte, drückte am Griff auf den Auslöser, wonach ein langer Spieß aus dem Lauf schoss, mit dem er Mario mehrfach gezielt in die Brust stach, bis er ihn mitten ins Herz traf und sein Opfer vor mehreren entsetzten Beobachtern zusammenbrach.

Alles verlief blitzschnell. Keiner der Anwesenden kam Mario sofort zu Hilfe. Erst als Herr Chamäleon von ihm ließ, eilte eine junge Frau beherzt zu ihm. Sie vernahm, dass er noch lebte und schrie laut in die gaffende Menge: „Ruft den Notdienst!"

Daraufhin erwachte Mario unter rasendem Herzklopfen angsterfüllt und schweißgebadet aus seinem vermeintlichen Todeskampf. Es war nur ein Albtraum gewesen, ein grauenvoller zwar, doch der vom Unheil bedrohte Erdenbürger hätte sich bald wieder seines

Daseins erfreuen können. Allein echtes Wohlbehagen stellte sich bei ihm nicht mehr ein.

Mario wertete seine Erlebnisse, die er während der letzten Nacht im Unterbewusstsein durchleiden musste, als ein denkbar schlechtes Zeichen. Obwohl er bei passenden Anlässen gern betonte, nicht abergläubisch zu sein, machte ihm die schauderhafte Begebenheit doch zu schaffen. Darum verschob er das Vorhaben, am folgenden Tag nach Sabine Ausschau zu halten, um eine gewisse Zeit. Man soll das Schicksal lieber nicht unnötig herausfordern, war dafür sein Beweggrund. Er würde besser noch ein paar Tage warten.

Aber kann ich so mutterseelenallein, wie ich mich fühle und nun auch tatsächlich bin, denn noch etwas Gescheites unternehmen, fragte er sich schon spürbar unruhig. Zugegeben: Lust und Liebe wollen Ewigkeit, sind aber individuell doch stets begrenzt, war ihm jählings klargeworden. Obendrein wurde er das mulmige Gefühl nicht mehr los, dass ihm schon in naher Zukunft etwas unfassbar Böses zustoßen würde. Und weiß Gott, ihm wurden lediglich noch drei Wochen seines irdischen Aufenthaltes gewährt. Hat man zuweilen die richtige Vorahnung?

All das und noch vieles mehr vertraute Mario Wolf seinem Tagebuch an. Darin konnte er freilich nicht vermerken, womit sich Herr Chamäleon beschäftigte, welche teuflischen Pläne er ausheckte, um seinem erklärten Widersacher den Garaus zu machen. Das würde erst infolge gründlicher Nachforschungen ans Tageslicht gefördert werden.

Der janusköpfige Übeltäter dachte nicht im Entferntesten daran, mit seinem frevelhaften Vorhaben womöglich öffentliches Aufsehen zu erregen. Genau das wollte er unter allen Umständen vermeiden. Folglich kam für ihn der gezielte Einsatz seiner Krücke als tödliche Waffe, wie es Mario im Traum erschienen war, überhaupt nicht infrage.

Herr Chamäleon hegte einen völlig anderen Plan, seine heimtückische Absicht zu verwirklichen.
Nachdem er Marios Wohnadresse ausgekundschaftet hatte, beobachtete er mehrere Tage lang ab fünf Uhr morgens die Eingangstür zum Haus, um zu sehen, was sich dort regelmäßig abspielte, wer das Anwesen wann verließ oder betrat.
Dabei kam ihm zugute, dass er sich unbemerkt, wie er fest glaubte, hinter einem etwa dreißig Meter entfernten Gebüsch verstecken konnte. Als wollte ihm das Schicksal einen Fingerzeig bieten, vernahm er voller Zuversicht, dass täglich auf den Glockenschlag sechs Uhr ein junger Mann mit seinem Drahtesel prompt an jener Stelle anhielt, die er gezielt in Augenschein nahm, teils mit einem Fernglas.
Der Radfahrer legte einen durchsichtigen Folienbeutel, in dem sich wiederholt genau vier kleine Brötchen befanden, stets auf denselben Treppenabsatz.

Dazu stellte er jedes Mal einen Pappkarton mit frischer Vollmilch. Exakt dreißig Minuten später erschien Mario Wolf, um die Hauptbestandteile seines Frühstücks hoch in die Wohnung zu nehmen. Auch das geschah immer pünktlich. Darauf konnte sich Herr Chamäleon hundertprozentig verlassen.

Sonach war für ihn die Vorgehensweise weitgehend entschieden.

Seine Beobachtungen erwiesen sich als schlüssig, auch wenn Marios genauer Tagesablauf ihm überwiegend verborgen blieb. Der hatte nämlich seit Langem schon die feste Angewohnheit, jeden Tag einen Liter frische Milch zu trinken, die eine Hälfte morgens, die andere abends, im Sommer kalt, im Winter aufgewärmt. Er hielt das Getränk für eines der wertvollsten Nahrungsmittel, das es seit jeher gibt, und er genoss das Naturprodukt stets pur, da es ihm so am besten schmeckte.

Nach einer Pause von knapp drei Wochen begab sich Herr Chamäleon erneut vor der sechsten Morgenstunde zum erwähnten Versteck. Diesmal hatte er zwei kleine Medizinspritzen bei sich. Die eine war noch leer, die andere schon gefüllt. Wie ehedem beobachtete er zunächst den üblichen Ablauf des Geschehens. Er wurde nicht enttäuscht.

Als der Radfahrer davoneilte, lief der Missetäter, alias Schulze, schnurstracks zum Hauseingang, streifte sich Handschuhe über und machte sich entschlossen an der Milchpackung zu schaffen. Er stach die Kanüle der leeren Spritze hinein und füllte deren Kolben, um genügend Hohlraum zu haben für eine Mixtur aus hochkonzentrierten Pflanzengiften, die sich in der anderen Spritze befand. Sodann „impfte" er ebenso rasch das Lebensmittel. Danach versiegelte er die Einstiche derart geschickt, dass man sie mit bloßem Auge nicht mehr sehen konnte. Zudem schüttelte er den Karton mehrere Sekunden lang kräftig, um den erwünschten Todestrunk zu erzeugen. Alles erschien bestens ausgeklügelt und verlief auch wie am Schnürchen. Offenbar hatte er zuvor fleißig geübt, damit im Ernstfall nichts misslang.

Auf dem Heimweg entfachte sich in seinem Inneren ein heftiger Widerstreit der Gefühle, obwohl er nicht mitbekam, dass er während seiner letzten Aktion von einem Passanten vorübergehend beobachtet wurde. Zu Hause angekommen, war er laufend darum bemüht, sich einzureden, eine gute Tat vollbracht zu haben, denn immerhin gebe es fortan einen skrupellosen Schürzenjäger weniger. Und er glaubte sogar kurzzeitig daran, auch diesmal rechtschaffend zu sein.

Für den übernächsten Tag, den ersten Schultag nach der Ferienwoche, war eine Lehrerkonferenz einberufen worden. Vom gesamten Kollegium fehlte nur eine Person: Mario Wolf.

Seine Abwesenheit löste deshalb starke Verwunderung aus, weil man ihn als absolut zuverlässig kannte. Nie hätte er ohne einen triftigen Grund etwas versäumt und sich gewiss vorher entschuldigt.

Da sein Fernbleiben rätselhaft erschien, wurde ein Kollege, der in Marios Nähe wohnte, am Ende der Zusammenkunft vom Direktor beauftragt, umgehend nach dem Rechten zu sehen.

Der junge Mann, selbst brennend neugierig geworden, kam der Order gerne nach und klingelte noch während derselben Stunde in Marios Unterkunft. Doch wie befürchtet, es meldete sich niemand. Hierauf versuchte er es in der Nachbarwohnung.

Sogleich wurde ein Fenster geöffnet, und eine betagte Frau schaute heraus. Weil sie den Besucher aus vorherigen Begegnungen kannte, drückte sie den Haustüröffner und rief ihn nach oben. Auch sie zeigte sich etwas verwundert darüber, Herrn Wolf schon eine Weile nicht mehr gesehen zu haben. Da sie jedoch im Besitz eines Wohnungsschlüssels von ihm war, den er ihr für eventuelle Notfälle auf Dauer anvertraut hatte, konnte der Sachverhalt sofort überprüft werden.

Beide ahnten nicht, welch einem grauenvollen Bild sie bereits in wenigen Sekunden gegenüberstehen würden. Sie entdeckten Mario Wolf im Toilettenraum, ganz verkrümmt auf dem Boden liegend, wo er sich arg übergeben hatte und dabei anscheinend tödlich zusammengebrochen war.

Sein entsetzter Kollege rief unverzüglich den Notarzt, der wiederum verständigte die Polizei.

Spezialisten fanden zwar schnell heraus, dass Mario an Vergiftung gestorben war, doch wurde keinerlei Fremdeinwirkung festgestellt. Als Folge einigte man sich deshalb zunächst auf Selbsttötung. Da man sich jedoch nicht völlig sicher war, ob der Verstorbene tatsächlich den Freitod gewählt hatte, wurde vorsichtshalber doch ein Kriminalist damit beauftragt, den Sachverhalt lupenrein aufzuhellen.

Vorläufig wusste allein Herr Chamäleon, dass es kein Suizid war. Ungeachtet dessen brachte es ihm noch seltener den inneren Frieden als je zuvor. Nahezu ständig ward er von fürchterlichen Dämonen begleitet, die ihm bedrohliche Seelenqualen zufügten.
Mithin sah er sich bald für immer gefangen im Strudel menschlicher Abgründe, worauf er sein ruchloses Verhalten zutiefst bereute. Doch es half ihm nicht.
Schließlich empfand er überhaupt keine Freude mehr am Leben. Nicht einmal Sabines Aufblühen, das sie unübersehbar in einstiger Harmonie und Schönheit erstrahlen ließ, berührte ihn. Er nahm ihre zurückerlangte phänomenale Erscheinung teilnahmslos zur Kenntnis. Dabei war sie es doch gewesen, die ihn bezaubert hatte, wie es keiner anderen weiblichen Person jemals gelungen war. Aber das war verflossen, geopfert seiner törichten Besessenheit, vor nichts zu-

rückzuschrecken, um seine Angebetete glücklich zu sehen. So geriet er in des Teufels Fänge, was ihm unaufhaltsam zum Verhängnis gereichte.

Herr Chamäleon verstarb einen Monat nach seiner ungesühnten Freveltat infolge totaler Erschöpfung, indem er auf offener Straße tödlich zusammenbrach. Im Beisein von zwölf Trauergästen wurde die Urne mit seiner Asche auf dem Dresdener Heidefriedhof beigesetzt.

Sabine Blume hielt gefühlsecht eine rührselige Gedenkrede, ohne zu wissen, dass der Entschlafene eigens deshalb tragisch endete, weil er sie grenzenlos vergötterte. Auch von seinem Verbrechen hatte sie niemals etwas mitbekommen. So behielt sie ihn in erquicklichem Angedenken.

Die feierliche Handlung wurde übrigens von einem stattlichen Herrn mittleren Alters ständig aufmerksam beobachtet. Er befand sich etwa zwanzig Meter von der kleinen Gruppe entfernt, rührte sich nicht vom Fleck und war deutlich zu sehen.
Frau Blume kannte ihn, denn beide hatten in jüngster Zeit mehrfach Kontakt zueinander. Verwundert war sie trotzdem über sein Erscheinen, weil sie sich nicht erklären konnte, in welcher Beziehung er zu Herrn Schulze stand. Dagegen erschien ihr durchaus plausibel, dass er sich vordem zu Marios Beisetzung in die große Schar der Trauergäste eingereiht hatte, wenn-

gleich auch damals nur als stiller Beobachter am Rande des Geschehens.

Nach der Zeremonie lief sie geradewegs dorthin, wo er immer noch wie aus Erz gegossen stand, reichte ihm ziemlich befangen die Hand, wechselte ein paar Worte mit ihm und verabschiedete sich danach ebenso freundlich wie sie ihn begrüßte.

Inzwischen hatte sich die kleine Runde der Anteilnehmenden aufgelöst, was der befremdliche Mann offenbar zum Anlass nahm, endlich selbst die Grabstätte aufzusuchen.

Dort verharrte er erneut für eine bestimmte Weile, schüttelte wiederholt sein Haupt, verneigte sich zuletzt tief vor des Verstorbenen Ruhestatt und ging flott seines Weges.

Was mag sich im Kopf des rätselhaften Herrn wohl abgespielt haben? Vermochte ihn eine Reihe unerhörter Ereignisse womöglich so stark zu irritieren, dass er sich nahezu fassungslos einer zwielichtigen Situation ausgeliefert sah? Und überhaupt: Wer verbarg sich hinter der geheimnisumwitterten Person?

Doch selbst wenn sich diese Frage beim Leser vielleicht nicht mehr stellen sollte, weil er sie schon beantworten kann, bleibt es eine markante Begebenheit, wie noch zu vernehmen sein wird.

Der mysteriöse Herr musste immerhin Vorfälle verkraften, die es zuvor für ihn niemals gegeben hat.

Weil nach Marios Tod sowohl dessen Vater als auch die Schulleitung je eine originelle Annonce in zwei Tageszeitungen setzen ließen, deren Aufmachung von keinem Leser zu übersehen war, fanden sich zur Beisetzungsfeierlichkeit in Meißen samt den vielen Trauergästen fast alle Grazien ein, mit denen Mario ihr Schicksal für eine bestimmte Zeitspanne höchst sinnesfreudig geteilt hatte.

Und in den Köpfen seiner einstigen Gespielinnen wurden zwangsläufig Erinnerungen wach, teils bedrückende, doch überwiegend unvergesslich schöne. Sie mündeten vorübergehend in leise Abschiedstränen.

Es ist mir ein Herzensbedürfnis, einem Dresdener Kriminalisten auch auf diesem Wege zu danken (seinen Namen lasse ich bewusst weg). Er war für die Aufklärung der Begebenheit zuständig und hatte anscheinend großes Vertrauen zu mir, indem ich Mario Wolfs Aufzeichnungen gründlich sichten und auswerten durfte. Als Sohn eines befreundeten Ehepaares übergab er sie mir mit folgenden Worten:

„Du schreibst doch Bücher. Mache etwas Gescheites aus der Sache! Nach einer Woche gibst du mir das Notizbuch zurück, damit ich es zu den Akten lege und den Fall abschließe."

Demnach entspricht diese Erzählung im hohen Maße wahren Begebenheiten. Das war auch möglich, weil ich durch intensive Recherchen noch viele weitere Details zum Leben und Wirken der literarischen Hauptgestalt und seiner beteiligten Akteure herausgefunden habe. Die Handlungsträger sind allerdings verfremdet worden, um sie und ihre Angehörigen nicht zu gefährden.

Der Experte konnte übrigens den Sachverhalt noch ins rechte Licht rücken, indem es ihm gelang, das Verbrechen zu entschleiern. Dabei waren ihm auch die Aussagen des erwähnten Zeugen hilfreich, denn er sprach glaubhaft von seiner früheren Beobachtung eines großen, sehr hageren alten Mannes mit extrem

herausstehenden Augen und dessen höchst merkwür-
digem Verhalten am Ort des tragischen Geschehens.

Die verbindliche Aufklärung erfolgte jedoch erst wenige Tage nach Herrn Chamäleons Ableben. Somit
dürfte auch nachvollziehbar sein, wenn der betreffen-
de Kriminalbeamte zur Beisetzungsfeier in der Rolle
einer geheimnisvollen Person erschien. Dort verhielt
er sich anscheinend deshalb auffallend merkwürdig,
weil er nicht wusste, ob er lachen oder weinen sollte.
Er konnte es einfach nicht fassen, dass ein Mensch im
derart hohen Alter noch zu solch einer ungeheuerli-
chen Schandtat fähig ist. Die absonderliche Situation
veranlasste ihn zum unfreiwilligen Kopfschütteln, bevor er sich entfernte.

Und noch etwas: Obwohl die Grenze zwischen Erotik und Pornografie fließend ist, lag es mir fern, sie zu
überschreiten. Falls Leser das vereinzelt doch anders
empfinden, bitte ich um Nachsicht. Zudem nehme
ich Meinungen und Hinweise dankend entgegen.

Károly Gerner